靈貞詭話
知岸 著
BPCC 繪

目次

Contents

ＡＢＯ世界觀介紹

本書使用ＡＢＯ世界觀，不過基於故事內容以東方文化為主，且時空背景包含古代及現代，用語將做出局部調整。

◆第二性別分化

人在出生時就能確定生理上的第一性別是男是女，第二性別則到十二至十六歲期間才會開始分化。第二性別分乾元（Alpha）、坤澤（Omega）及中庸（Beta）三種。

◆信引

分化完成的乾元、坤澤會在後頸部位發育出腺體，分泌稱為「信引（費洛蒙）」的激素。信引會隨個體差異散發不同氣味，在情緒激動或生理週期時較易失控，可以靠抑制劑等藥物控制。

出於本能，乾元、坤澤的身心狀況皆會受到信引影響，中庸的分化則比較無感，他們沒有自身的信引，除非遇到特徵比較明顯的乾元和坤澤，一般情況下也難以感覺到他人的信引。

◆乾元

發育完全的乾元具備強健的身體能力，無論第一性別為何，都具備使人生育的生理結構。乾元信引在三種第二性別中有先天的支配性，若足夠強勢，還能迫使其他性別的人出自本能的畏懼、服從。相對優秀的體能通常讓他們在知識學習和技能訓練方面占據優勢，在團體裡常作為領導人的角色。

◆坤澤

坤澤的先天身體能力在三者中屬於弱勢，無論第一性別為何，都會發育出生殖腔，具備孕育的能力。相較於乾元，坤澤受信引影響更甚，除了每月有固定的發情期，還隨時可能受乾元信引、情緒起伏等因素刺激而進入發情狀態。

發情狀態的坤澤會極度虛弱痛苦，本能地需要與乾元交合，攝取乾元信引緩解，不自主釋出的坤澤信引同時容易造成乾元甚至中庸的衝動，造成安全上的威脅與諸多不便。

隨著現代科技進步，坤澤能靠藥物有效控制發情，體力差異也能靠著後天鍛鍊來補足，即便如此，社會上對坤澤的刻板印象與歧視仍然存在。

◆中庸

相較於乾元、坤澤，分化成中庸的人數占比最多，各方面條件的穩定是他們最大的優勢。

序曲

大雨後的冬季深夜，空氣中的寒意彷彿能從肌膚滲進骨髓裡。

市中心的老舊住宅區內，殘留在鐵皮屋頂上的雨水斷斷續續落下，在寂寥的夜裡形成拍點似的背景音。

此處沉積已久的複雜氣味連雨水也難以洗刷——多年無人清潔的磚瓦縫有青苔和黴菌的潮濕味道；水溝蓋底下是淤泥濃厚的腥氣；堆放垃圾和廚餘的牆角飄出陣陣腐臭，時不時有蛆蟲穿梭其間，落入一旁發酸的積水中。

下一瞬，所有細微的動靜都被急促的腳步聲和喘息蓋了過去。

巷弄裡只有寥寥幾盞路燈，分散的燈光拉出幾道深淺不一的黑影，隨著人跑到燈下，幾道黑影匯聚出一個奔逃中的側影。

那側影身上好似黏著幾條若有似無的黑絲，分不清是光影凌亂，還是別的什麼東西。

狂奔中的年輕女子散髮赤足、滿面淚痕，一手按住不斷滲血的下腹，另一手像抓救命稻草似的揪住一枚護身符，咽喉如同被無形的手扼住，只能邊跑邊發出斷斷續續的抽泣聲。

直覺告訴她絕不能回頭。

不知跑了多久，女子終於衝出小巷，來到燈火漸明的馬路邊。

恐懼如毒素般麻痺她的神經，傷處的疼痛、滿手血腥、涕淚縱橫的黏膩……什麼都感覺不到了。

終究，她步履踉蹌，脫力摔倒在人行道上，像條擱淺在陸地上的魚，清晰感知著生命流逝，卻不放棄掙動身軀。

然而她已經擠不出一絲起身的力氣……

第一章　血案疑雲

週一清晨六點半，天譚市火車站附近的住宅區停了好幾輛來自市警局的警車。此區只有站前路一條主要幹道，並從左右兩側延伸出數條巷弄，眾多老舊房舍擠在窄小的道路兩側，自成一道亂中有序的風景。

警方在站前路一二六巷口和主幹道一小段人行道上拉起封鎖線，晚點勢必得交通管制。雪上加霜的是，住宅區無人管理，巷口唯一的監視器在半年前損壞卻無人報修，少了監視畫面輔助，現場調查的時間恐怕會大幅延長。

這個時間點，部分學生和上班族已經開始通勤，室外封鎖的遮蔽效果有限，封條旁陸陸續續有人車經過，有些人只是低著頭快步走過，有些人則耐不住好奇心往禁區內偷覷幾眼。

地上乾涸的血跡仍怵目驚心。

凌晨一點報的案，現在已過了五個半小時。目擊者是附近超商值夜班的店員，下班途中行經人行道，發現傷者後隨即報警並叫來救護車，而傷者送醫後尚在搶救中，目前生死未卜。

時光流轉，天色又亮了一點，整座城市隨著日頭升起而甦醒，人車也逐漸多了起來。

警方現在得撥出更多人力維持秩序，一名留守人行道的年輕警察才剛趕走兩個意圖拍照傳上網的學生，緊接著又轉向走近自己的陌生人。

迎面而來的英俊青年身形極為高眺精實，短髮俐落、五官深邃，劍眉修長得幾乎沒入鬢角，為稜角分明的臉龐又添上幾分英氣。明明已經入冬，他卻只穿了一件單薄的五分袖黑襯衫，彷彿一身厚實的肌肉能代替衣物取暖似的。

隨著青年逐步逼近，年輕警察竟下意識地感到退卻，對方高大的體型與不怒而威的氣質的確容易帶來壓迫感，但年輕警察卻明白，這是源自於本能的戰慄——

——光用眼睛看，就能分辨出青年是個乾元，而且是正常人都不會想和他槓上的那種。

年輕警察是個中庸，自認格外安全穩定，就算眼前的乾元直接對他釋出信引威脅也沒辦法影響他，因此雖然第一時間萌生出退意，卻也很快就拿出職業精神，對著青年板起臉孔。

「先生，這裡現在禁止通行。」

「我也是警察。警察證在這。」青年以不同於第一印象的和善口吻解釋：「早上沒排班，有點私事，人正好在外面。剛才被緊急叫來，沒時間回家換制服，不好意思。」

年輕警察接過證件看了一眼，表情立即從懷疑轉為敬畏，歸還證件時甚至用了雙手。

「失禮了，學長。我……我是第一次親眼……我沒認出你。」年輕警察連連敬禮，竟然緊張得語無倫次。

「公事公辦而已，你也辛苦了。」

青年微微一笑，早先透出戾氣的五官頓時顯得柔和不少。

他朝年輕警察擺擺手，隨即挑起一截封條，以怪異但極為敏捷的動作矮身鑽過——由於此人的身高遠超國民身高平均值，因此他屈膝後還得幾乎將自己對折才能辦到。

這時走來幾個比較資深的警察，帶頭的人率先上前，低聲對青年說：「是羅夜隊長嗎？我們隊長人在第一現場，我這就帶你過去。」

「有勞。」

呆呆目送幾人走遠，鬆懈下來的年輕警察這才抓緊時間偷偷找來附近的同事，「這地方是不是不太乾淨？剛才那個人是靈務局的……」

同事一臉忌諱地打斷他，「噓，不要亂問。小心觸犯禁忌。」

「靈務局」是圈內人的叫法，該單位的正式名稱是「非常態案件暨異常事務管理局」，不過知情人士心照不宣，前面一長串含蓄的官方說詞實則可縮寫為「靈異」二字——靈異事務管理局，因而簡稱靈務局。

靈務局是直屬中央的特偵單位，一般民眾不會知道他們的存在，局裡運作的細節連同行也不清楚。據說他們的編制與一般警察單位相似，不過轄區遍佈全國，但凡案件有任何唯物論及科學理論無法解釋的現象，都可以請靈務局的人到場鑑定，若鑑定通過，案子就會交由他們全權處理。

雖說整個靈務局都被籠罩在一層迷霧裡，連局長都時常神龍見首不見尾，但他們的刑偵大隊長羅夜在警界卻小有名氣。

一來是因為近幾年國內幾乎所有需要靈務局的案子都是由他主責，警界從高層到基層都有不少人與他打過照面；二來是他辦案的風格比較出格，與靈務局合作過的同行總喜歡把與他共事時的奇聞軼事當成茶餘飯後的話題，但說也奇怪，那些流傳在業內的精彩事蹟總帶著模糊的神祕色彩，有時甚至不是很具體，通常只能歸納出一個不甚明晰的結論——

——妙不可言。

此時，妙不可言的羅大隊長正被領進案發第一現場所在的透天厝內，與市警局的刑偵大隊長陳冠維會合。

這棟透天厝總共有一層樓加地下室，地下室作為套房出租，一樓則有三間雅房、一個小客廳及一間衛浴，並被唯一一條公用走道分隔在房屋兩側。

進門之後，右手邊最先見到的是客廳，而案發第一現場，也就是傷者居住的雅房，顯然是從原格局的客廳裡硬隔出來的。分隔第一現場與客廳的牆壁附近堆滿雜物，幾乎遮住靠牆而立的紅木桌，木桌的擺設比其他地方整齊一點，只擺了一口小香爐和兩支蠟燭，蠟燭沒燃，爐裡也沒燒香，但這三樣東西乾乾淨淨，不像其他雜物那樣積滿灰塵，都像是近期有使用過的樣子。

「這裡先前是安了神位嗎？」羅夜問。來自靈務局的人總會對所謂怪力亂神格外關注一些。

「不清楚。你覺得有什麼不妥嗎？」

陳冠維負手站在羅夜身旁。他的性情是出了名的不苟言笑，乍看應該是最難接受靈務局的那種人，但事實恰恰相反，或許是手上曾有好幾樁懸案真的因為靈務局介入而順利偵破的關係。

「沒有神像、沒有供品，但蠟燭跟香爐似乎最近都還有用過。我對風水了解不深，但多少知道神位附近必須保持清潔，而且很忌諱拜錯方法。」羅夜觀望了一會兒，倒也沒看出其他異樣，於是對陳冠維說：「你們聯繫房東的時候問問吧？屋裡剛出事，就當是給他提個醒也好。我們先進房間。」

雅房的空間極為狹小，單人床的床頭靠著隔開房間與客廳的那道牆，左右兩側分別塞了一張書桌和一個木櫃之後，就只剩一條窄小的走道。室內沒有窗戶，只有一台分離式冷氣機，讓房客在夏天來臨時不至於被熱死在屋裡。

床鋪上殘留大量噴濺血跡，比對單人床上人體壓痕的位置，大約落在腹部，與傷處吻合，由此推測受襲擊的地點可能是在床上。壓痕周圍的血手印最為凌亂，像是抵抗時所留下。

此外，牆面和書桌也都留有血手印，手機和貴重財物則都完好無損，初步看來不像是搶劫傷人。

「血跡有被清理過嗎？」

羅夜掃視地面，傷者滴了不少血在地上，移動時裸足踩過，留下凌亂的腳印。

從大小、形狀和移動方向判斷，房裡所有的血足印都是由傷者一人留下，而且她受傷後在房裡逃竄過一陣子，並非第一時間就衝出門外。

「稍早用過試劑，沒發現被抹除的血跡。」陳冠維眉頭深鎖，「我們想過，如果兇手在攻擊傷者後立刻逃逸，沒有與傷者發生進一步肢體衝突，或許有機會不在房裡留下痕跡。」

「可是她身受重傷，劇烈運動對她來說過於吃力，甚至可能喪命。除非有強烈的動機讓她追出去，否則如果兇手在第一時間就逃往室外，她的行為就顯得反常了。」說到這，羅夜又一次看向地上的血足印，「什麼理由會讓一個重傷者不在原地請求救援，反而不顧傷勢跑了幾百公尺的路？單看傷者留下的血跡，我更傾向她在房裡受到某種立即性的威脅，不得不逃出去。」

再合理不過的行為分析。陳冠維默認，任何有經驗的刑警都不可能忽略羅夜所說的疑點，而這也是他們求助靈務局的主因。不過他依然提供了另一條調查思路，「我們其實也想過自殘的可能性。假設她精神狀態不穩定，那些掙扎的痕跡和後續跑出屋外的反常行為，就可以說得過去了。」

羅夜沉思片刻，沒有立刻反駁這個假設，「凶器找到了嗎？」

「沒有。」陳冠維說：「能搜的地方都搜了，連銳器都沒找到。」

「我再研究一下。」

說著，羅夜踱回床鋪旁，雙膝微蹲，傾身靠向床面，距離近得鼻尖幾乎要貼到血跡上。

一股鐵銹味和腥氣撲鼻而來，是純粹的人血氣味……

門外待命的警察光是瞥見羅夜的動作就頭皮發麻，陳冠維倒很冷靜，只是低聲詢問：「小羅，以你的專業判斷，這地方有問題嗎？」

羅夜當然知道他說的是哪方面的專業，問的是哪裡的問題。

「坦白講，我一點感覺也沒有。」骨節分明的食指抹過下頷，他話鋒一轉，挑起一抹意味深長的笑，「這就是問題了。」

接著，羅夜就在眾人錯愕的目光下掏出打火機和一枝煙，還直接點燃了！

他就這樣逕自蹲在床邊吞雲吐霧起來，隨著頭微微仰起，頸線和脊線連成一道俐落的弧，在侷促的空間裡反倒有種說不出的優雅從容。

菸味緩緩飄出門外，警察們的冷汗也跟著飆出來。

「羅隊長、這不合規定……」

「讓他抽。」此時陳冠維眉間的溝壑已經深得可以夾住一枚硬幣，卻還是出於信任替他擋下勸阻，「這味道不是一般香菸吧？」

羅夜叼著菸捲嘴角一揚，感激地朝他點頭，隨即回頭朝床鋪噴出一口白煙。

那煙氣竟帶著一股陰森的寒意。

聽了陳冠維的問句，其他人才跟著分辨出來，羅夜抽的菸並沒有尼古丁燃燒時的刺鼻氣味，比起尋常香菸，更像拜拜時燒的香。

民俗裡有個說法：在不對的時間或地點焚香容易招陰。而羅夜現在做的正是這件事。會把香做成菸是因為他體質特殊，香煙進入他的體內再吹出來，有陰上加陰的效果。

他幾乎把自己隱沒在煙霧裡，反覆琢磨剛才聞到的東西。

人是還沒死，但事發過程是顯而易見的慘烈，這麼凶的現場，即便是人對人的案子，也會有濃重的惡業和怨氣遺留下來，很難有這麼「乾淨」的味道。

是被誰清理過了嗎？羅夜暗自思量，同時吐出最後一口煙。

煙霧之中，他終於隱約見到一縷絲狀黑影，但殘影來得快去得更快，隨著煙霧散去，也跟著消失無蹤。

雖然只抓到一點小尾巴，但不算沒有收穫。

「案子之後轉給我們處理。」羅夜站起身，不等陳冠維開口質疑就拍拍他緊繃的肩膀，一副氣定神閒的模樣，「放心吧陳哥，我們局長才將轉案許可的權限下放給我，這件事我說了算。」

語畢，他從剛才放菸的口袋裡又抽出三張符紙，捏在手裡點燃了，「剛才唐突驚擾到各位，吸過我二手菸的同仁都靠近點，這地方比較陰，我幫你們驅個邪。」

對於超自然領域，靈務局有絕對的權威，其他人都抱著寧可信其有的心態乖乖朝羅夜走近。

頃刻間，所有人都聞到一股冷冽的異香……

警察們的神色轉為呆滯，唯一清醒的羅夜對著符紙燒出的白煙吹了口氣，看著白煙鑽進在場每一個人的口鼻裡。

隨著煙氣入體，新的概念覆蓋掉原有的意識——

羅夜隊長在第一現場勘查了一遍，察覺現場有常人看不出的異樣，經鑑定符合轉移條件。過程中，在場人員忽然感到身體不適、頭暈目眩，導致細節記不太清楚，經過除穢處理後並無大礙，往後若還覺得奇怪，都是源自於這個經驗。

施術終了，他趁眾人恍神之際，揚手把剛才落在地上的灰燼全部收回掌心裡。

那是催眠的符令，用來畫符的墨裡混了幾滴黃泉下的忘川水，兩者搭配合宜，就能像這樣對人們的記憶動手腳。

他沒有徹底去除異常的部分，因為適度保留未知及模糊的空間，反而比「天衣無縫的常理解釋」更能加深人們對靈務局的信任與敬畏。

幾分鐘後，警察們都會清醒過來，就像大醉過一場，對喝醉時發生的事印象稀薄，卻無法否認事情真實存在。

妙不可言就是這樣來的。

◆

雖然案件的歸屬權即將轉移，但辦案黃金時間不會等人，偵查在正式交接前仍會繼續，而這段權責尷尬的時期，羅夜會親自到市警局參與調查。

宣告接管後，羅夜立刻就打了電話回靈務局，把隊員們的新工作全數交代下去。之後他又在案發第二現場，也就是傷者倒臥過的人行道上勘查了好一陣子，才搭陳冠維的便車回市警局。

不料他前腳才踏上市警局停車場的地面，後腳就被一個天外飛來的小東西追上。

陳冠維聽見背後有動靜，轉頭一看，兩眼不禁瞪大了幾毫米。

羅夜寬闊的肩上多了一隻小巧的白文鳥，正歪著腦袋，用兩顆天真無邪的小圓眼盯著他看。

「小羅……這是？」

「這是我們隊裡養的鳥，叫麻糬。這小子有靈性，大概是我剛才扔了一堆工作回去，大家一忙起來忘記餵它，就來找我抗議了。」

羅夜一邊解釋，麻糬一邊跳上跳下咬他的耳垂，像是真的在生氣一樣。

「陳哥，能通融我帶它進去嗎？麻糬很會占卜，讓它跟著也許能幫上忙。」羅夜輕彈著鳥兒圓滾滾的肚子，口吻誠摯，「你放心，它很乖，不會亂飛，也不會隨地大小便。」

「隨地大小便」幾個字即刻引起麻糬厲聲尖叫，幾乎要把羅夜的耳垂啄出血來。

「鳥卦嗎？」陳冠維不太確定地問。

「噢，我們養鳥從來不做訓練，鳥卦那些儀式性的步驟麻糬一項也不會，占卜全靠緣分，有靈感就給算，通常很準。」羅夜笑著說：「我們全局都把這小子當吉祥物呢。」

歷經片刻掙扎，陳冠維終究默許了，心想這靈務局怎麼連養個寵物都可以這麼玄呢……

接下來的路程，羅夜刻意走得更慢一些，麻糬沿途在他耳邊啾啾，像一把小機關槍。

直到落後陳冠維一段距離，他才悄聲對肩上的小東西說：「進去後就別那麼聒噪了，小心被趕出來。」

鳥兒憤憤長鳴一聲，然而聽在羅夜耳裡卻不只如此——

「我這是認真盡責的優質下屬特地跟你報告精心整理的案情資料替你節省交接看檔案的時間！你說我聒噪是什麼意思？」

羅夜無奈地想，就你這一句話當十句講的意思。

麻糬是隻修行成精的白文鳥，目前的修為不足以穩定化為人形，但能通人語。為了減少不必要的麻煩，他用人語溝通時通常會用幻術，使傳話對象之外的人聽起來就像一般鳥叫聲。

此鳥辦起事來確實可靠，姑且算是個符合自述的「優質下屬」，可惜話太多，而且一講就是一大串，讓頂頭上司每次聽他彙報，都想強迫他去上人類的小學國語課學習基礎斷句。

話雖如此，羅夜腦內的斷句系統仍十分可靠，加上麻糬的報告足夠精確，讓他在踏進市警局後，即使還沒和陳冠維交換過情報，就已經先掌握了一部分調查進度。

「傷者林昀婷，中庸女性，目前就讀天譚大學二年級。經初步排查，社會關係單純，平日活動的場所除了學校和校內打工的學生餐廳，就是獨居的租屋處，沒得罪過什麼人，卻也沒什麼關係緊密的朋友。透過她手機地圖的定位紀錄，可知她昨天下午曾去寧安區的澄光宮參拜，大約於晚上六點回到住處，之後就沒再出門。」羅夜說完，見陳冠維一臉訝異，便不疾不徐地補充：「貴局交接資料很有效率，我同事稍早拿到就趕著整理重點給我，我來之前抓了點空檔，匆匆看過一遍。」

陳冠維不疑有他，索性直接省去了前言，「我們已經通知目擊者、房東和林昀婷的同棟鄰居來做筆錄。剛才我們將昨天唯一和她接觸過的人帶回來，目前正在偵訊室。」

這時，一名刑偵隊的隊員急匆匆地跑到陳冠維跟前。

「隊長，聽說靈務局派人來了？」

「對。這位是他們刑偵隊的羅夜隊長。」

隊員忍不住多看了羅夜肩上的白文鳥兩眼，不過見自家隊長默許，也就沒再多問。

「太好了，請兩位跟我到觀察室一趟。」他連忙帶路，並向陳冠維說明：「我們正好需要一點意見。」

「嫌疑人不配合？」陳冠維問。

「那倒不是，他情緒冷靜、態度端正，只不過證詞有點玄。既然這個案子已經轉到靈務局，我們也不好擅自判斷真偽。」說著，隊員將求助的目光投向羅夜，「嫌疑人是澄光宮地下街一個算命的，叫江晨雪。稍後想請羅隊長幫我們鑑定一下，他究竟是不是在跟我們故弄玄虛？」

「他除了當天接觸過林昀婷，還有別的關聯嗎？」羅夜問。這部分的情報他尚未收到。

「有。林昀婷被發現時，手裡抓著一枚護身符，那是她受襲當下唯一帶出門的東西。剛才江晨雪也親口證實，案發當日下午給過林昀婷一枚護身符，說是因為察覺她被邪祟侵擾才送給她的。我們不敢輕忽這之間的關聯性。」

談論之間，三人一鳥進入觀察室，透過單面鏡仔細觀察偵訊室裡的嫌疑人。

斯文清冷的年輕男子穿著一身素雅的黑色唐裝，是常見於算命老師身上的打扮。烏黑的瀏海微微遮住白皙的側臉，雖然看不清眼睛，但從他端正從容的坐姿來看，表情應該也同樣平靜。

麻糬小聲嘟囔：「這算命的發生了什麼事？老子活這麼久從來沒見過運氣這麼背的人……」

羅夜沒聽清麻糬的嘀咕聲，打從望進偵訊室的那一刻，他的視線就死死釘在嫌疑人的側影上。

實在太像了……

已經是某種刻在骨子裡的習慣了，每每看到容貌氣質與某個人相似的人，他都會下意識多留意幾分，但每次的結果都是一樣——

——那些人終究都不是他，也不可能是他。

就像吃了一顆苦澀的定心丸，羅夜在心裡默唸完這句話，便再次全心專注於偵訊上。

負責偵訊的警官姓吳，是市警局的黑臉班底之一。此時他正亮出作為證物的護身符，偵訊室內的麥克風同時收錄他的問話，在觀察室裡播放出來：「這就是你剛才說的護身符，對吧？林昀婷當晚沒帶錢包手機，甚至連鞋都沒穿，就只帶著你給的這個東西。她連在路邊倒下時都緊緊抓著，直到上了救護車才被我們拿出來。你覺得她為什麼會這樣？是不是因為她只在地下街匆匆見過你一面，不知道你是誰，只好拿著這個東西指認你？」

江晨雪見了那枚染血的護身符似乎有些訝異，面對咄咄逼人的警察，他只是不卑不亢地迎上對方質疑的目光。

「你們把符拿走了？」他答非所問，說得不疾不徐，但未減話中清洌的寒意，「她可能還會再遇到危險。」

「她正在醫院接受治療，警方也已經派人守衛，沒有人能再傷害她。」吳警官說得斬釘截鐵，「還是你有什麼其他根據判斷她會再次遇險？你得明白你現在的處境，全場唯一的線索就是指向你，再這麼轉移話題裝神弄鬼，只會讓你顯得更加可疑。」

「我給的是護身符，遇到危險時帶著，我不覺得有什麼可疑。」江晨雪淡淡把話接過，神色間含蓄地帶著「不信邪的唯物論者真難溝通」之類的譴責意味。

「也許你們保護得夠好，沒有『人』能再傷害她。」他復述時刻意加重了「人」字，「這枚符上面的靈力已經減弱很多，新的護身符若發生這種情況，多半是替主人擋過煞……」

說到一半，江晨雪突然安靜下來，吳警官緊咬空隙繼續施加壓力，「怎麼？扯不下去了？」

「不，我就是覺得……」隨著語句停頓，江晨雪緩緩轉向單面鏡，像是在尋找著什麼，「這裡好像就有……」

吳警官警惕起來，明知房裡的單面鏡只能反射鏡像，但他總覺得這人像是能越過那面玻璃，看清觀察室裡的人一樣。

「有什麼？」

「凶煞。」

江晨雪俊雅的面容猶如結上寒霜，他定住視線，目光如箭，直直射穿了單面鏡，與站在另一端的羅夜四目相交。羅夜一對上那雙清澈的眼眸，心裡藏得最深的那根弦登時受到撩動，一向控制得很好的信引竟在瞬間爆發而出。

信引帶有的氣味因人而異，羅夜的氣味是罌粟花，這驚天一爆立刻讓觀察室內盈滿馨香。旁邊兩個中庸警官和一隻未分化的文鳥精雖然聞不出味道，卻仍然能感覺到強烈乾元信引帶來的壓力。

陳冠維重重咳了兩聲，「嫌疑人可能是想轉移焦點，別輕易受到干擾。」

羅夜穩住發顫的手，用力往臉上抹了兩把，將複雜的笑意和那點不為人知的心事揉進手裡，再度轉向陳冠維時，已經回到平時那個氣定神閒的狀態。

「不好意思，見笑了。陳哥說得對。」

麻糬語重心長地關懷他家上司，「就算他是看你也沒說錯啊用得著氣成這樣？還是說你剛才其實是對那算命的一見鍾情？那一炸是基於情難自抑？」

羅夜笑而不答，只用了拇指和食指，把麻糬捏到陳冠維肩上。

突然被驅逐出境的優質下屬：「……！」

突然變成鳥保姆的陳冠維：「……？」

偵訊室內，吳警官暫時停下問話。審訊前他已經得知案子即將被靈務局接管的事，這個嫌疑人的一舉一動倒真有點屬於「那類人」的特質，而且對方現在盯住的位置就是觀察室裡站人的地方，過於精準，像是真的有什麼特殊感應一樣，令人心裡發毛。

他判斷自己這邊一時難以進展，讓來自靈務局的幫手接手應該會更有幫助，於是收了尾離開偵訊室，轉而來到觀察室釐清剛才的情況。

一打開門，他很快就認出有過幾面之緣的靈務局刑偵隊長，而嫌疑人還在單面鏡後困惑地盯著這裡看，目光就不偏不倚地落在羅夜身上！

只見羅夜笑著朝他揮了揮手，朗聲說：「辛苦了。接下來就由我……」

「等等！給我站住。嫌疑人晾一下沒關係。」陳冠維厲聲阻止羅夜，揮手把他趕出門外，「你得先出去冷靜冷靜。嫌疑人是坤澤，我不能讓你這樣進去。」

第二章　可疑之人

江晨雪在偵訊室慘白的燈光下幾不可聞地嘆了口氣。

他在想昨天匆匆見過一面的女孩，現在才知道她叫林昀婷。

當時林昀婷從他的攤前經過，他僅是匆匆瞥了一眼，就看出她有邪氣入體的跡象。雖然邪祟並沒有跟著她，但應該是在住所之類的地方與她長期共處，人才會被消耗得這麼厲害。

於是他主動搭話，原想幫林昀婷仔細看看，但她戒心很高，似乎將他當成隨機拉客騙錢的神棍。江晨雪心知太過糾纏會適得其反，最終只勉強說動她收下贈予的護身符，並釋出善意，表示如果真的發現不對勁，可以再回來找他。

他與林昀婷只是萍水相逢，但一見到她就覺得不能棄之不顧。

他是一名天師，驅邪除惡、替天行道是本職。然而他素來為人低調，又基於某些一言難盡的緣由，名聲有點微妙，因此為了討生活，他更常在小攤上替人算命卜卦看風水，但如果天命將需要他協助的人送到眼前，他絕不會敷衍了事。

剛才見到那枚符，他幾乎能確定林昀婷是被邪祟所害，既然髒東西已經暴露蹤跡，就得處理乾淨，不能任其繼續傷人。

只嘆他的運氣是一如往常的背，開局就攤上麻煩。

案發當下他獨自在家，住的破社區監視器死角太多，拿不出完整的不在場證明，一時半刻無法洗清嫌疑，被警方拘留和審訊都在意料之中。儘管他知道毫不掩飾怪力亂神的自白勢必讓人起疑，但依然選擇說實話，原因很簡單——憑他一如往常的霉運，即使撒了最合情合理的謊，多半也會在不久後因為各種奇葩理由被抓包，因而惹上更多麻煩。

他與這樁凶案確實有點關係，卻沒有更多直接證據能使他被誤判為兇手。最壞的情況是在這裡待滿二十四小時……

思慮之中，偵訊室的門再度被打開，江晨雪匆匆瞄過進門的青年男子就挪開視線，琢磨著隱隱察覺的一絲異樣。

凶煞？

第一時間，直覺告訴他眼前的男人與他隔牆感覺到的煞氣有點關聯，但隨著人朝自己走近，他除了聞到一股難以言喻的香火味，並沒有發現更多可疑之處。

他不知道的是，此時的羅夜已經打過一針乾元專用的強力抑制劑、抽了兩根怪味香菸壓掉身上殘存的信引氣味，還臨時寫了幾張聚陽符藏在衣服裡蓋過體內過剩的陰氣，當然不像先前那麼鋒芒畢露。

江晨雪打量羅夜同時，羅夜也在細細審視他，他的坐姿不露一絲破綻，皮膚在燈光照耀下白得幾乎透明，小扇般的睫毛半遮雙眸，將眼神削得更為銳利。

當他坐著不動的時候，彷彿能從挺直的背脊裡看出某種沉穩如山的骨氣，坤澤容易引起危險的信引被他隱藏得很好，顯然是固定使用抑制藥物的結果，若非偵訊前有核對過證件，多數人大概會以為他是個中庸。

「江老師，你好。」羅夜微笑打了聲招呼，殘存的凶氣被某種帶著痞味的圓滑親和取代，「我也是警察，今天因故沒穿制服就來值勤，還請見諒。」

江晨雪客氣而疏離地回以點頭。

「我已經把能交代的都交代了。」

「嗯。我知道你的自白。不瞞你說，我有點家學，姑且和你算半個同行，能理解你在說什麼，問話的方向也會比較不同。」

基於對一般民眾保密的規矩，羅夜並沒有直接把自己來自特殊單位的事說出口。雖然換了個說法，但仍然表達出自己屬於「同類人」的立場，試圖與嫌疑人拉近距離。

江晨雪只當眼前的警察在轉換問話策略，對此沒什麼動搖，只是靜靜看著羅夜將證物袋裡的護身符取出，攤開符袋裡的符紙。

「符寫得不錯，即使擋過煞還沾了血，依然保留一點靈力。」

血漬已經氧化發黑，汙染大部分的符文。羅夜將符紙放上桌，朝江晨雪推近了點，但對方沒有接，只是遺憾地輕輕搖頭。

「這張符已經廢了。」

「稍早問話時，你說過會給林昀婷這枚護身符，是因為看出她被邪祟侵擾。你那時看到什麼了？」

江晨雪迎上羅夜的目光。

雖然眼神冷冽，但他的眼型其實偏向柔美，瞳色比常人淡一點，稍微收點光進去就變得像打磨過的琥珀一樣明媚動人。

這位警官的問法確實不同，可以試著進一步溝通。他默默思量著，語調隨之放柔了些，「印堂發黑，元神耗損，有邪氣入體的徵兆。而且相當嚴重。」

「有什麼東西纏上她了？」

「不，邪祟沒有跟在她身邊，但影響她很深，恐怕是潛伏在她長期生活的地方，比如住家……」

「很遺憾，警方已經將她住的地方仔細搜了好幾遍，但沒有任何發現。」羅夜強硬地打斷他，又一次強調：「不只用了科學方法，他們甚至讓我用了招陰的手段，卻還是沒有任何發現。」

偵訊室裡頓時陷入沉默，彷彿又是一次無聲的較量。江晨雪依舊巍然不動地端坐在那裡，羅夜則翹著他的大長腿，背脊微彎靠著椅背，是放鬆中帶著侵略性的姿態。

良久，江晨雪決定放棄這場無謂的僵持，率先打破沉默，「警官，有件事想請你幫忙。」

「說。」

「我被扣押的個人物品裡有空白符紙和畫符用的筆墨，我想再畫幾張護身驅邪的符咒，若情況允許，能否請你替我送去醫院給那位林小姐？」

「可以。但我必須看著你畫。」羅夜答應得十分爽快。

符紙和筆墨不久就被送進偵訊室，江晨雪先是畫了兩張一模一樣的護身符，接下來幾張卻筆鋒一轉，寫下全然不同的咒文。

纖長的手指穩穩執筆，落下的每一劃都帶著靈力，羅夜目不轉睛地看著他，連觀察室的警察們都受肅穆的氛圍影響，不由得屏息以待。

「這些是驅邪的符籙。」收筆之後，江晨雪捏起其中一張符紙，輕而有禮地說：「我知道你們目前還不太信任我。要不然你親自驗驗？」

驅邪咒嗎……羅夜不禁失笑。

到底是誰驗誰呢？

他毫不猶豫地接過符咒，往自己的腦門一貼……

符咒催動，發出幾乎不可見的微弱光輝，即使是強力的驅邪咒，碰上一般人差不多也就這個反應。

他漫不經心地做了個鬼臉，吁出長長一口氣，黏在腦門的符紙掀了掀，才緩緩飄落到他手裡。

剛才貼符的位置搭配一系列動作，讓他看起來就像一個過於俊俏的搞笑片僵屍，連江晨雪也沒想到他會把符貼在那種地方，萬年冰山的神色終於出現裂痕，露出一絲錯愕來。

這表情帶給羅夜莫大的歡樂。

「老師，你寫的驅邪符真是好東西。」

羅夜起身踱到江晨雪身側，風度翩翩地彎腰取走其餘符咒。咫尺之間，雙方目光又是一觸，江晨雪從對方含笑的眼裡品出一絲較量小勝的得色。

竟然不顯得惱人，反倒有些炫目……

「我會替你轉交的。」

羅夜留下最後一句話，出格的偵訊至此告一段落。江晨雪被暫時安置在拘留室，而陳冠維在羅夜出來後，連忙搭住他的肩膀追問：「問完了？這個嫌疑人是真的有點本事吧？還有他寫的那些符……」

麻糬正好順著陳冠維的動作竄回羅夜肩上，安逸地縮成一團。

「陳哥，我們一件一件來。首先那些符咒，我看真的能擋掉一般警力防不住的東西。多一層保護總是好的。」羅夜有條有理地說：「再來，我看江晨雪應對的態度，短時間內應該是問不出新東西，所以就先詐了他。」

「是你說現場沒有發現那時候？」

「對。之前的問話裡，江晨雪明白表示對警方拿走護身符的舉動不滿，後續也一直關心傷者的安危，他顯然不信任警方對靈異事件的判斷，我一口咬定沒有發現異樣，反而會加強他的不信任感。如果他認真把這件事放在心上，被釋放之後，有很大機率會親自採取行動。」羅夜摩娑著下頷，沒有人察覺他眼裡複雜難懂的情緒，「等一下我會再次查看地下街的監視影像，確認他的自白是否屬實。總之，我認為他是兇手的機會不大，但也許是個不錯的餌，我們能靠他引出更多線索。」

眾人對羅夜的判斷都沒有太大異議，唯有麻糬在人群散去後選擇了忠言逆耳，「隊長你確定就這麼放他出去？我剛才感覺到了凶象……」

「是嗎？」羅夜將鳥兒捧在手心，嘴角勾起玩味的弧度，「那就只好看我怎麼逢凶化吉了。」

◆

江晨雪被釋放的時間比他自己預期的還早，當他走出市警局時，局裡已經忙到翻天了。

林昀婷的血跡留在整條巷弄和大馬路邊的人行道上，驚悚血腥的景象暴露在民眾眼前，消息很快就透過社群流竄到廣大的網路世界。

目前已經有好幾間網路媒體搶先報導，甚至把網民的猜測寫得繪聲繪影，情殺、入室搶劫、隨機傷人……能猜的幾乎都被猜過一遍，引起不小的騷動，逼得市警局及時出面給出官方說詞，才稍微控制住民眾的恐慌。

江晨雪打開手機滑過幾篇危言聳聽的網路新聞，他雖然不樂見這樣的報導，實務上卻能靠著它們輕易找出案發現場所在地。

即使警方聲稱沒有任何發現，他還是得親自去一趟。抓鬼跟辦案一樣注重黃金時間，他不希望因為拖沓而出現下一個受害者。

說也奇怪，打從轉移到拘留室之後，就沒再看見那位作風奇特的警官了……

腦海裡忽然飄過這個念頭，江晨雪說不上自己是什麼感受，他相信那位警官「和他是半個同行」的說法，但總覺得有些更深邃的古怪，被那個人隱藏在輕狂跳脫的舉止之下。

不過他現在沒心思想太多，當務之急是得找出辦法，在不被守備警力察覺的情況下親自到林昀婷的住所看看。

◆

深夜，案發第一現場的透天厝附近。

日理萬機的羅夜終於在一小時前擠出珍貴的空檔，回家沖了澡換上制服，隨即又趕回停在站前路一二六巷的一台小客車上。

目前剛入子時，是一天裡陰氣最重的時辰。排班的警力已經全數換上靈務局的班底，用盡量不打擾附近居民的方式進行守衛。

駕駛座上，羅夜的副隊長正一邊監視一邊撕扯作為宵夜的燒餅，一見到他就友善地拋了一個塑膠袋過去，裡頭是一個韭菜盒子和兩顆水煎包。

「夜哥，你中午以後就沒吃了吧？這時間只剩便利商店和豆漿店有開了。」副隊長嚥下燒餅，又指了指已經放滿的飲料架，「你要豆漿還是米漿？我這裡都有。」

「謝了，我有帶水。妳留著自己喝吧。」

羅夜忍不住瞄了眼她身邊另外十個加了辣豆瓣的水煎包，然後開車窗，讓車裡混著各種食物的微妙氣味散出去一點。

「琦琦啊。」羅夜親眼見證他家副隊長只用十秒鐘就徹底消滅手上的半塊燒餅，不禁語重心長地勸告：「細嚼慢嚥，小心噎到。又沒人跟妳搶。」

「沒事的夜哥，我平常都這麼吃。」

靈務局第一警花，刑偵副隊長張瓔琦，就算擺在怪胎堆裡也算得上一名奇女子——臉上從來脂粉未施，卻天天美得像自帶美顏濾鏡；一天吃五餐，早中晚外加下午茶宵夜，吃好吃滿，卻依舊維持曼妙的身材。

也許因為她的人形面貌是狐仙所化，才有這種讓人羨慕忌妒恨的逆天體質。

「醫院那邊怎麼樣了？」羅夜問。張瓔琦來這裡值班前受他指示先去過一趟醫院。

「手術做完了，目前人還在加護病房觀察。醫生說還沒渡過危險期，之後能不能醒還很難說。」

「符呢？」

「幫你帶過去啦。不過那種地方不方便貼符，我就讓輪班的同事拿著備用。話說那些符真不錯，稍微懂行道的看了都說好。」張瓔琦趁著語句停頓的空檔吸了口豆漿，「現在醫院也都換成我們保安科的人了，出事的話他們都有辦法應付。」

羅夜滿意地點點頭，這才準備張口咬下大半天以來的第一餐，可惜還沒開動，就被從車窗撲進來的麻糬振翅干擾。

「天啊琦琦姐！妳別再餵隊長吃韭菜了！妳都沒看見他今天早上在市警局那個滿面懷春的騷樣，要是等一下那個江老師真的被他騙過來，嘖嘖嘖嘖……」

「鳥不是應該啾啾叫嗎？嘖什麼嘖。」羅夜空出的手直接把小鳥搧到副駕椅背上，另一手卻不動聲色地把韭菜盒子換成高麗菜水煎包。

「滿面懷春？你說夜哥？」張璎琦直接把羅夜拋棄的韭菜盒子接收了，「早上出什麼事了？」

「麻糬想太多，妳別聽他亂講。」

羅夜很無奈，某位優質下屬自從全程目睹他問話之後，對觀察室那段小插曲的成因就徹底消除「動怒或動情」的猶豫，果斷選擇了後者，還時不時拿出來嗆他，一整個頂撞上司不亦樂乎。

「我哪有亂講！他直接調了一管注射型的抑制劑來用，就是用來對付路邊信引失控亂鬧的乾元小流氓立刻見效的那種！」麻糬直接用證據發起上訴，「妳現在如果到市警局觀察室，說不定還能聞到他的罌粟味呢。」

「哇喔！還好我那時不在場。」張璎琦衷心感嘆。

妖物修出人形後也會隨之分化出第二性別，張璎琦與羅夜一樣，也是個乾元。有道是一山不容二虎，乾元信引在本質上互相排斥即是這個道理，因此雖然她很敬重夜哥，但還是對他的信引避之唯恐不及。

「話不能這麼說其實妳應該可惜一下，畢竟我跟了他這麼多年，難得見到他像中了媚術一樣魂都被勾飛了……」

「咳，我魂沒飛，江老師也沒有對我使用任何媚術。」羅夜打斷之餘帶出一掌，將滿嘴八卦的鳥兒一把掃進後座，同時滿面嚴肅地轉向他的副隊長，「琦琦，身為一個修為和尊嚴兼具的狐仙，妳應該適時阻止一隻鳥在妳面前胡說八道有關媚術的專業話題。」

「不、不，我一點也不專業。我媚術一向不及格。」張璎琦十分虛心求教，「我其實很有興趣了解一下你被勾了魂會是什麼樣子？」

「妳……」

羅夜原先還想再說些什麼，但眼角餘光一瞥見車外動靜，嘴邊的話就全被吞回了肚裡。

「市警局的伙伴們還在社會輿論前幫我們坦，我們得認真打輸出，不能辜負他們。」犀利的目光掃過窗外，他將食物袋扔到一邊，順手拿走車上預備給巡邏時候用的手電筒和無線電耳機麥克風，打開車門時還舔了舔唇角，「我上工了，你們繼續盯著現場。工作認真點，別老是閒聊講幹話。有任何異狀第一時間跟我報告。」

說罷，他立刻甩上車門，以疾風般的速度離去，不到幾秒功夫就徹底融入夜色。張璎琦還不明所以，只見麻糬從後座椅背探頭，悠悠長嘆：「嘖嘖嘖妳看看，妳看看他！就是現在這個死樣子！」

◆

時間回到稍早，江晨雪換了一身樸素的連帽T和牛仔褲，揹上偽裝成後背包的乾坤袋，行經站前路人行道邊的封鎖線。

乾坤袋又稱「袋中天」，在法術作用下有著彷彿能容納天地的儲物空間，是江晨雪愛用的法器之一。這神奇的袋子不只能將其他法器和隨身用品收入其中，還能感知主人的意念，馬上提供所需的袋中物品，並且還有認主禁制，可阻擋所有主人以外的人使用它。

江晨雪穩健的步履不見半分停頓，就像目的地與案發現場毫無關係似的，裝成一名純粹的路人順利瞞過所有監視，拐進隔壁巷弄。

這一帶有不少空置的舊屋，江晨雪稍早利用線上地圖的街景功能，鎖定一間拆到一半的荒廢鐵皮屋作為藏身之所。確認四下無人之後，他從乾坤袋拿出事先以符紙摺好的小巧紙鶴，咬破手指用血替它點上眼睛。

夜風拂過，鐵皮屋旁叢生的雜草被吹得窸窣作響，幾乎隱去江晨雪微弱的唸咒聲。咒句終了，他將紙鶴捧在手心呼出一口氣，紙鶴便自己振翅飛走了。

他隨即閉上眼睛與飛走的紙鶴共享視野，路上除了這時間固定會出現的鬼魅，倒沒有其他異常。

這是紙鶴追魂法的變體，鶴的動向能由他操縱，眼睛則是他的血液所化，基本等同於他雙目的延伸，他自小就開了天眼，這隻小紙鶴無疑是絕佳的偵查利器。

紙鶴貼著老屋裸露的管線，悄無聲息地滑向案發那棟透天厝，一進到屋裡，江晨雪便察覺到了異狀。

太乾淨了。

子時是魑魅魍魎活力最盛的時候，剛才在街頭巷尾還能見到正常數量的陰魂遊走，大陰大煞的兇案現場反而是陰氣最稀薄的地方？

這樣還能說完全沒有發現？

果然隔行如隔山，這種事情不能完全依賴……思緒走到這裡，江晨雪的腦海裡突然閃現羅夜驗完符紙後得意的表情。

他得逞了什麼……？

難不成偵訊那時的對峙，其實暗藏著什麼他沒發現的訊息？

「江老師，你知道自己其實還沒洗清嫌疑嗎？」

低聲笑語從背後傳來，江晨雪呼吸一滯，立即讓紙鶴滑入林昀婷的房間，藏進房門上緣的陰影裡，同時睜眼收回視野，轉向近在咫尺的男人。

羅夜故意配合他的動作，在他轉過身時打開手電筒，給他聚光燈似的尊爵歡迎。

「三更半夜獨自潛入案發現場……老師，我很為難啊。你的釋放許可是我親手簽的，若過不到一天又是我把你抓回去，不是讓我打自己臉嗎？」

嘴上說著為難，眉眼卻帶著吊兒郎當的笑，一點也沒有難的樣子。

江晨雪恢復冷靜的速度極快，只是不失禮貌地輕聲提醒：「這裡好像不是封鎖區域吧。」

「我巡邏時看見你的紙鶴了，循著它與你聯繫的靈力找到這裡。」羅夜兩手一攤，一副實屬無奈的模樣，「其實藏得很好，我其他同事都沒發現。要不是我對下午的驅邪符記憶猶新，特別留意到你的靈力，可能也會被你瞞過去。」

——**你畫的符、你的靈力，就算微弱得化成灰了，我也能認出來**。

意識裡彷彿在用沙啞的聲音低吼著這句話，但羅夜沒有讓躁動的情緒洩漏出分毫，一字一句都是輕鬆圓融的善意。

「原來是我技不如人。讓你見笑了。」江晨雪沒有順著羅夜給的檯階下，對他來說，掩飾自己的不足之處反而是弱者的表現。

他打量著眼前猶如戴著完美假面的男人，明顯感到對方身上的陰氣比白天時重了不少。

藏不住？還是乾脆不藏了？

子時陰陽交界，也許是最好的試探時機。

「警官，白天偵訊時，你曾說在案發現場毫無發現。」江晨雪不疾不徐地開口，「倘若我告訴你剛才的新發現，有沒有機會戴罪立功，換你一次手下留情？」

「洗耳恭聽。」

「這個凶案現場似乎太過冷清了。」

「唔，聽你這麼一說，確實有點道理。」

羅夜立刻大方承認「毫無發現」的看法有誤，言下之意是他也看得出現場太乾淨，但不是有意欺瞞，而是當下沒想太多？

……答得不錯，但鬼才相信。

「唉，既然事情已經發展成這樣，我就直說好了。老師，早上我說的『家學』其實有點瑕疵，事實上是我待的單位比較特殊。我們這裡不排斥具備專業技能的熱心公民協助破案，這類公民一般雅稱私家偵探，但我們的範圍更廣一點，包含但不限於各路妖魔鬼怪。」羅夜話鋒一轉，猝不及防進入徵才模式，「但你現在同時是嫌疑人，擅自行動容易惹上麻煩。不然這樣，我幫你跑幾個流程背書，不過要多等幾天，到時候我再帶你來現場協助調查，你意下如何？」

江晨雪從來不相信任何順遂的進展會發生在自己身上，比起真心延攬，他更傾向羅夜只是想以此為藉口拖延時間。

但他還是先不動聲色地答應下來。

「太好了，那麼在正式合作之前，還是請你先迴避吧。」羅夜抬手擺出「請」的姿勢，「怕你之後被我同事攔下來，我送你一段路。」

江晨雪點點頭，順從地跟在他後頭，但悄悄將乾坤袋轉為單肩掛在身前。

兩人一路無語，走了良久，徒留腳步聲在空無一人的暗巷裡迴盪。

良久，良久……

這段路，未免太長了點。

二度經過那間荒廢鐵皮屋當下，江晨雪迅雷不及掩耳地掏出一疊驅邪符，灌注符力朝正前方射去。

羅夜沒有回頭，卻像是背後長了眼睛，側身讓過數張符令，動作極其敏捷，只有右手臂被輕輕擦過。

飛散而出的驅邪符炸開明度不一的光芒，毫無死角地照亮兩人。

羅夜剛才被擦過的右手竟然正微微冒著煙……

「江老師？」他這時才轉過頭來，「無辜」二字大大寫在臉上。

「看來我們還是以誠相待比較好。警官，這是你帶的路。」江晨雪將手探入乾坤袋，緩緩拉出一把桃木劍，「千萬別告訴我，你不知道我們遇上鬼打牆了。」

第三章 鬼域迷蹤

一般而言，人間和鬼域涇渭分明，兩界同時存在於同一個地點，互不相通，但在一些特殊的情況下，活物會誤入鬼域而逐漸迷失，這種狀況俗稱鬼打牆。

鬼打牆又稱鬼遮眼，對一般人來說是迷路時看不清方向，但對開了天眼的人來說，進入鬼域之後，他們反而能輕易看見一些平時在人間不太外顯的東西。

例如位於活人頭肩的三把明火。

這三把火人人都有，不過火苗很嬌氣，夜裡拍肩、戴帽子甚至受到驚嚇都可能使火暫時熄滅，不過只要生靈陽氣尚足，明火很快就會重燃。

但羅夜身上沒有這三把火——

——所以這位羅夜警官，根本不是活人。

「唉，這次時機不好，還沒帶聚陽符在身上。看來我這副一入夜就會變脆的皮囊是徹底穿幫了。」羅夜撫過擦傷的右手，好聲好氣地說：「老師，一切都是誤會。雖然這裡是鬼域，我也確實是隻鬼，但鬼打牆絕對不是我弄的。」

「不少人和鬼有個共同毛病，就是不吃點苦頭就吐不出真話。」江晨雪說得斯斯文文，一字一句卻都帶著威壓，「不然我們試試？」

語畢，他舉劍朝羅夜面門刺去，羅夜向後退了兩步抬手一擋，手心立刻被戳出一個黑洞來。那黑洞猶如無底深淵，從中流出的並非血液，而是一條漆黑的鎖鏈，須臾間就緊緊纏住桃木劍，江晨雪反應極快，感受到拉力的剎那立即棄械，並趁羅夜向後踉蹌的間隙踩著鐵皮牆蹬至半空，抽出符咒又是撲天蓋地的攻勢。

羅夜一時躲避不及，正面挨了幾道符，但他很快就延長鎖鏈繞上附近的電線桿，鏈條一收，就將自己轉移到比江晨雪更高的位置。

身上幾個被符燒過的地方都在冒煙，羅夜卻覺得他胸中那把火燒得比什麼都燙。

再次體驗至今仍會夢迴的激戰，他更加確切地意識到，江晨雪無論是音容、心性甚至靈力的本質，都與他曾經認識的某個人沒有分別。

都說眼睛是靈魂之窗，首次和江晨雪對上眼的剎那，他就認出了同樣的靈魂。

起初他以為是奇蹟發生，那個人終於能投入輪迴，轉世投胎。

但明明歷經輪迴轉世的人不應該是這樣的……

由於兩人已經拉開一段距離，江晨雪沒能看清羅夜表情裡細微的變化，他拾回桃木劍，又一次蹬上鐵皮牆，這次直接借力使力翻上屋頂，與羅夜拉近距離。

說時遲那時快，江晨雪人才剛站穩，瓦片就從他腳下呈放射狀塌陷，一切發生得太快，戰況突然急轉直下，原先略佔上風的天師大人就這麼來了個措手不及，一頭栽進廢屋裡。

「……老師？」

羅夜大驚失色，立刻朝江晨雪射出鎖鏈，無奈比不上重力加速度，終究沒能接到人。

碎瓦礫掉了滿地，連帶掀起一大片塵煙，羅夜以最快速度衝進那片煙裡，焦急地呼喊：「江老師！你還好嗎？」

江晨雪被埋在瓦礫堆中，用力眨了眨進土的眼睛，幾滴基於生理反應的眼淚順勢被逼了出來。左腳好像扭了……

這天殺的霉運到了鬼域依舊不離不棄，幸好乾坤袋沒有離身，不算走到絕境。

他掙扎著坐起身，視力恢復清晰後的第一眼，竟是看見羅夜驚慌失措地朝他奔來。

此鬼身上輕佻的餘裕被江晨雪這一下摔得蕩然無存，英俊的臉龐終於不再戴著無懈可擊的假面，心思動搖的破綻全露了出來。

「有傷到哪嗎？你先別亂動，我帶你出來！」

靈力再高強的人畢竟還是凡胎肉身，從這高度毫無防備地摔下來很難毫髮無傷。羅夜還不曉得江晨雪傷勢如何，所以不敢貿然使用鎖鏈。

江晨雪困惑地盯著衝向自己的鬼。

這是在……擔心我？認真的？

他尚未從錯愕中回過神來，就突然感覺到一股極具壓迫性的邪氣自身下蔓延。

糟了，真的不是……

念頭一閃，腿腳不便的江晨雪只能在原地快速掐完護身手訣，同時朝羅夜大喝：「別過來！」

轟──！

漆黑的觸手從地面穿刺而出，大概有單人合抱那麼粗，所幸江晨雪自保及時，觸手在碰到身體前就被術法彈開，堪堪擦過腰側。他緊接著掐起下一個攻擊手訣，但短暫的護身術發揮作用後便會立即失效，方才打偏的觸手竟逮著這幾秒空隙從中分裂成兩條，一左一右纏上江晨雪的手腕強行扯開，硬生生將手訣破壞。

下一瞬，兩條觸手同時收束，用力把行動受制的江晨雪往瓦礫堆裡拖，此時羅夜的鎖鏈趕到，強勁的衝力直接截斷觸手，斷面如剪斷麻繩般散開，飄出幾縷一閃即逝的黑絲。

這時他們才發現，那條粗壯的觸手原來是由無數條更細的黑絲集結而成。

羅夜飛奔而至，鎖鍊插進地裡，將剩餘的黑絲團連根拔起，自身凜冽的陰氣覆上鍊條，發狠一收，黑絲團全被絞得煙消雲散。同一時間，江晨雪徒手撥開瓦礫殘骸，從腳邊拔出他的桃木劍，忍著腳踝的痛楚站起身來。手上的黑絲依然緊纏不放，似乎還有重新壯大的趨勢，隨著黑絲增長，他感受到一陣突兀的酸軟，甚至差點沒能拿穩手中的劍。

黑絲會吸人精氣……？

他神色一凜，持劍的右手立即往左手的黑絲斬下，黑絲煙消雲散，但落刃之處也跟著皮開肉綻。

江晨雪這把桃木劍本來就造得格外鋒利，覆上靈力強化之後幾乎與真劍無異，即使控制了力道卻仍造成深深的切口。江晨雪也是個狠角色，換手拿劍時眉頭都不皺一下，就在他舉劍斬向右手之時，左手立即被另一張冰冷的大掌緊緊扣住。

只見羅夜無聲無息地出現在他背後，壓下他鮮血淋漓的左手，臉色無比難看，「別砍。讓我來。」

說著，他五指的鬼爪乍現，一把扯開江晨雪右腕蠕動的觸手，黑絲在他手裡被撕得粉碎，某種暴虐的殺意從攻擊中滲透出來，其中的狠辣和稍早跟江晨雪過招時全然不同。

隨著黑絲被滅，他們總算脫離鬼域重回人間，羅夜這時才鬆開江晨雪，沒等對方開口便單膝跪在他腳邊，替他捲起褲管查看腳踝的傷勢。

「腫得很嚴重。剛才你又勉強站起來。」羅夜抬起頭，對江晨雪投以徵詢同意的眼神，「手上的傷能讓我看一下嗎？」

江晨雪鬼使神差地遞出左手，從那雙直視自己的眼睛裡看出真真切切的擔憂和關懷。

這是看不熟的人時會有的表情嗎？

他被那灼灼目光燙了一下，胸中湧上一股奇異的感受。

他待人一向比較冷淡，連對認識一段時間的人都慣於保持距離，更不喜歡與人肢體接觸。但這位才認識不到半天的警官，剛剛先是貼在他腳邊看了半天，現在又正摸著他的手，他卻覺得……似乎，好像，還可以？

羅夜再次把夜叉惡鬼的煞氣一滴不漏地收回皮囊裡，查看傷勢時用了雙手，像是捧著易碎的珍寶般，每個動作都小心翼翼。

「還好血暫時止住了。但還是得去醫院看看。」

「……我還好，傷都不算嚴重。」江晨雪從來沒被誰用這種捧在掌心呵護的態度對待過，一時不知道該怎麼辦，顯得有些侷促，「剛才是我誤會你了，我向你道歉。」

「不必在意。我向來喜歡性情冷淡行事謹慎又有點心機的人，如果剛好又願意陪我切磋切磋那就更好了，對我做什麼都沒關係。」羅夜衝他狡詰一笑，同時輕柔地放下他的手，「我看你的腳暫時不能走了，我那邊有車，先揹你上車坐一下，換班之後再帶你去醫院？」

「……？」

江晨雪驚疑未定，內心掙扎了片刻，終究答應下來。

羅夜沒費什麼力氣就把人和乾坤袋同時揹起，江晨雪直到與他胸背相貼的當下，都還在困惑自己為什麼如此輕易就願意讓他揹著走了？

難道是因為剛才誤會他還打了他一頓，對他心懷虧欠的緣故？

羅夜的後背寬闊，兩手也很有力，被他托著即使不再出力也不用擔心往下滑。江晨雪不敢把自己放得太鬆，但激戰一場確實讓他疲憊不堪，所以還是打算利用這段路程閉目養神。

肉眼一閉，第一現場的景象再度映入眼簾，江晨雪差點忘了紙鶴還沒回收，正想召回，卻忽然捕捉到地面附近一閃即逝的黑影。

有不明物體入侵……

紙鶴保持浮空狀態貼著牆滑至地面，沒有發出一點聲響，夜晚的房間裡能見度不佳，乾涸發黑的血腳印錯落在地磚上，都能令人產生看見黑影的錯覺。

江晨雪謹慎操縱著紙鶴，細細查看了一陣子仍毫無斬獲，不禁心想，難道是眼花看錯了？思緒流轉之間，紙鶴突然被某個不明物體緊緊糾纏，江晨雪一驚，最後晃過眼前的影子是剛才見過的黑絲……

「唔……！」

右手突然燒灼似的疼痛，由點下鶴眼的指尖竄入體內，江晨雪連忙切斷與紙鶴的聯繫，卻還是慢了一步。受襲後意識模糊了片刻，隱約聽見羅夜的喊聲，並感覺自己受到搬動，變成躺在對方懷裡的姿勢。

「房間有問題……」江晨雪勉強支起身子，胡亂往刺痛的雙目抹了幾把，「我的鶴還在房間裡，剛才直接碰上襲擊我們的東西……」

羅夜瞥見江晨雪的手心，臉色驟變，啪地抓住江晨雪的手腕，將蒼白的手掌向上一翻。

這個印記是……

他頓時閃過幾個晦暗不明的表情，當機立斷，直接透過無線電指揮離現場最近的同仁：「立刻到第一現場搜索黑色絲狀物。現場可能有埋伏，避免單獨行動，我五分鐘內趕過去。」說完馬上切換頻道，對張璎琦說：「把車開來隔壁一二八巷口。」

接著，他二話不說抱起江晨雪拔足狂奔，用不到兩分鐘時間，他幾乎與張璎琦同時抵達巷口，並在自家副隊長驚駭的目光中拉開後車門，把江晨雪塞進車裡。

「夜哥？這位是……」

「嫌疑人兼下一個被害人。妳保護好他，我去現場支援。」

江晨雪還沒從被突襲的震盪裡緩過來，又被羅夜晃得頭昏腦脹，坐臥皮椅的姿態堪成狼狽。好久沒像今天這麼灰頭土臉了，明明因為衰事而掛彩已經家常便飯……

張璎琦默默透過後視鏡打量這名傷痕累累的漂亮男子，憑她的修為，不必親身交手也能感知出此人靈力的不凡之處。

身為刑偵隊的第二把交椅，張璎琦不至於遇上這點突發狀況就亂了方寸。她看對方沒有逃跑的意思便沒打算上銬，而是發揮狐仙擅長的魅力與親和力，對著江晨雪嫣然一笑。

既是案件關係者，保護歸保護，沒有禁止私下多審問……咳，「閒聊」兩句吧？

「我們隊長說你可能是下一個被害人，你怎麼想？」

張瓔琦問話時，江晨雪正在吃力地挪動身子端正坐姿，同時整理起自己亂糟糟的服裝儀容。聞言，他停下動作，低頭瞅了瞅右手心多出的漆黑圖騰，乍看之下就像個精緻的刺青。

「可能是因為這個。」他把圖騰亮給張瓔琦看，「圖案我沒見過，但詛咒人的方法大同小異。通常在身上看見特殊記號，很大機率意味著成為施咒者的獵物或所有物。」沉思片刻，他又溫言提議：「不妨拍照留個紀錄，問問醫院的林小姐身上有沒有相同的印記？也許能找到更多線索。」

「好呀，謝謝配合。」

張瓔琦立刻拍下幾張照片傳給留守醫院的保安科同事，辦完公務後，她回頭掃了閉目休息的江晨雪一眼，見他一身外傷，呼吸還有點沉重的樣子，原想繼續問話，卻因於心不忍而作罷。

「很不舒服的話我跟隊長說一聲，先帶你去醫院？」

江晨雪秀目半睜，安撫似的微揚唇角，輕聲說：「沒關係。等他回來吧。」

也許是被這淺淺一笑激發了靈感，張瓔琦忽然福至心靈，小心翼翼地問：「剛才忘了問你怎麼稱呼……」

「敝姓江。」

江……

張瓔琦頓時醍醐灌頂，瞬間想起她夜哥剛才除了說他是下一個被害人，還是嫌疑人……

所以他就是那個江老師？

深受某鳥茶毒，當張瓔琦再度轉向後座的美男子時，已經下意識認定此人極有可能成為自己未來的哥夫！

一分鐘後，甜美可人的張警花從後車廂抱出一個碩大的紙箱，並把裡頭五顏六色的小零食嘩啦啦地傾倒在江晨雪身邊的空位上。

江晨雪：「……？」

「都給你，挑你想吃的。」張瓔琦覺得自己真是孝順極了，「還要一陣子才換班，你多吃點，別客氣啊！」

◆

江晨雪並沒有吃張瓔琦孝敬給他的零食，他因為傷口沒有妥善處理而開始發燒，終究迷迷糊糊在車裡睡了過去。

於是當羅夜終於趕回車上，看見被淹沒在零食海裡的睡美人時，簡直是又好氣又好笑。

「該換的班都換了，我們去趟醫院吧。」

「現場怎麼樣？」張瓔琦腳踩油門，一刻也不敢耽擱。

「撈到一點枝微末節的東西，先用縛靈瓶裝著帶回去了。」

縛靈瓶是修行界常見的一種小法器，顧名思義，能束縛魂魄或魑魅魍魎，卻不會對其造成傷害，用來蒐證極為合適。羅夜邊說邊捏著眉心，又就地燒了兩張招陰符令，把灰摻進水裡喝了半瓶，藉此補補之前被江晨雪攻擊的損傷，「現在能確定問題是出在屋裡。我剛才已經申請撤除第二現場的封鎖，等最後的模擬比對做好，大概明天中午前能撤完。」

「不會太快嗎？」

「這是取捨後的結果。」羅夜嘆了口氣，「這案子畢竟暫時沒死人，會掀起風波大多是因為網路謠言，室外清理乾淨後風頭估計一週內能過去，市警局那邊的公關壓力能鬆下來，上面也比較不會一直催結案，我們才能爭取更多調查時間。」

張瓔琦隱約聽出這段話背後的意思，「你覺得林昀婷只是冰山一角？」

羅夜抽了抽嘴角，指向昏睡中的江晨雪，「下一個被害人都預定好了，妳說呢？」

在四下無人、江晨雪看不見的時候，他終於不再隱藏眼裡的疼惜與眷戀，貪婪地將人從頭到腳細細看過好幾遍，才依依不捨地收回目光。

四下無人，沒語病，總歸他家副隊長不是人，只是一隻連媚術都學不及格的小狐仙。

張瓔綺覺得自己的狐眼都要被閃瞎了，雖然媚術不及格，但她此時的求知慾還是勝過求生慾，於是冒著可能被職場暴力的危險小聲問：「夜哥，原來你喜歡這種禁慾型的啊？」

羅夜狠狠瞪了她一眼，看在她開車的份上沒有實施體罰，只從後座撈出一包她最喜歡的小點心開來吃掉，以示懲戒。

「妳不懂。來，哥哥跟妳講個故事。」他悠悠地說：「已經是一千多年前的事了，我生前日子一直不好過，死得又冤又早，恨意未消，渾渾噩噩就化成了厲鬼。那時只覺得作鬼後不想再受欺負，就走上修行之路，好不容易修到能稍稍化出形體的境界，卻又馬上就被一個更強大的魔修抓住驅使，成為鬼奴。那魔修是個人渣，我在他手下做事，明明都已經死過一次了，卻還是能再經歷一次什麼叫生不如死。」

張瓔琦沒想到羅夜會突然開始講古，總覺得他講述的口吻和內容完全不搭調，讓她聽了心裡有點難受。

到底是得歷經多少風霜，才能這麼雲淡風輕地把自己枉死又淪為鬼奴的事說出來……？不過她立刻想起羅夜開啟話匣子的緣由，連忙把腦內存放不多的愛情常識蒐羅了一遍，才不太確定地問：「然後你遇見了一個人……？」

羅夜沒想到她還能接得這麼順，不由得噗哧一笑，讚許地點頭。

「他是個靈力高強的散修，和我舊主水火不容。我一開始會接觸到他，其實是聽從主命要加害於他。但我認識他之後卻覺得，縱觀整個生前死後，所有最美好的片段都是有他的時候。」

羅夜放柔嗓音，語調卻轉為苦澀，「可惜宿敵終究難逃死戰……那一戰最後是玉石俱焚。他犧牲了，我卻因此被他所救，重獲自由。」

張瓔琦總覺得羅夜在講起那位散修時的心情看起來比自述時沉重太多了，不禁嚥了口唾沫，更加小心地追問：「所以，江老師是那位的……轉世？」

羅夜猶豫了一下。

「我不確定，他身上有些不尋常的地方。而且他原本……」他欲言又止，閉目思索了半晌，神色越發肅穆，「但同樣的靈魂，我絕不會認錯。」

「無論如何，我想說的是，在他離世後，我近乎瘋狂地投身於修練，好像只要自己變強就能彌補些什麼，直到真正修練有成，魂魄也成長得足夠強壯才逐漸轉念，覺得比起困在往事裡，還不如繼承他留下的意志會更有意義……總之，我後來改邪歸正，能為世間蒼生盡點微薄的力量，都是受他影響，說他造就如今的我也不為過。」說到這裡，羅夜臉上的陰霾掃去，他做了一個極為慎重的深呼吸，虔誠而堅定地作結：「這是恩情。」

「……」張瓔琦沉默三秒，覺得自己應該是聽漏了什麼。

「恩、情？」她刻意一字一頓，加重了ㄣ的發音。

「對，他對我恩重如山。既然如今我再次遇上他，無論他記不記得以前的事，這份恩情都一定要報。」羅夜轉頭看向窗外，自嘲似的低聲喃喃：「但哪怕我傾盡所有，恐怕也不足為報吧……」

張瓔琦：「……」

屁咧不要小看劣等生！你自己照鏡子看看這個愛到深處無怨尤的死樣子——！

張瓔琦雖然腹誹到爆，但確認羅夜不是真的受到蠱惑後，還是小小慶幸了一下，並覺得可以出手助攻一把。

於是當他們終於抵達醫院，她決定當個稱職的純司機，拒絕挪動尊臀一寸。

「你自己帶他去吧，我回局裡辦個手續。」她意味深長地眨眨眼，還特地壓低了音量，「江老師這個情況是可以申請警力保護的吧？他身上確實有詛咒印記，我還有照片為證。」

「照片？什麼時候拍的？」

「是他說傷者身上可能也有相同的印記，主動讓我拍去問人的！」張瓔琦急忙趕在隊長發難前解釋。

「……有道理。做得不錯。」

張瓔琦連連點頭，「那……夜哥，老師的主責保護官，我就填你啦？」

小狐狸心懷不軌得過於明顯，羅夜哭笑不得，直接開口趕人，「愛填就填。妳去吧！」

第四章　初臨靈務

黑絲聚集成粗長的觸手，糾纏住纖瘦的腰枝，緩緩攀至肩頭，猶如毒蛇繞過獵物的咽喉，對白淨的後頸亮出致命獠牙。

『你來了。』

男人低沉的嗓音輕輕說道。

『我說過，你終究會成為我的東西。』

束縛的力道逐漸增加，即使坤澤脆弱的腺體正被未知的敵人抵住，江晨雪仍面不改色。

從小到大做過的清明夢實在太多了，他很快就能分清夢境與現實，如果他沒想錯，這次的夢境來自他剛中的詛咒，十之八九是施咒者的意志入侵所致。

那兩句話的確引人遐想，像來者是他原本就認識的人一樣。但江晨雪沒有盡信，因為這些慣於用邪術的害人的傢伙通常也擅於用話術動搖人心，而胡亂攀扯、曖昧不明的緣分最容易被拿來蠱惑他人。

『你還是這麼冷淡，和別離多年的老朋友見面，卻連一聲問候也不肯給。』

男人不知不覺已靠近他耳邊，江晨雪不認識這個聲音，卻對它生出莫名熟悉的排斥感。

真麻煩。他想。若非詛咒留著還有用處，早就靠自己淨化了。

像是讀出他的想法，男人居然笑了起來，濕溽的吐息隨著笑音滲進肌膚裡，江晨雪終於忍不住皺起眉頭。

要動手嗎？還是再忍一下？看看對方想玩什麼把戲……

思量片刻，他下定決心按兵不動，卻沒料到脖頸倏地一涼，對方竟然自己先退開了。

『今天先這樣吧。下次我想再跟你多玩一會兒。』

『真正的，面對面的。』

觸手隨著話音漸弱而消逝，江晨雪的意識再度沉墜下去。

不知過了多久，他再度找回知覺，這次他發現自己倒在一大片沙地上動彈不得，全身像是化成流動的細沙被風吹散。

四周沒有任何景物，唯有望不見盡頭的虛無。

又是這個夢。

打從有記憶開始，他就經常做這個夢，相較於其他清明夢，這場夢除了反覆出現，還有不少奇特的地方。

首先，他明白自己即將消亡，身體化開時卻沒有痛覺，無論哪一次，他都自然而然地接受了這件事，心中毫無波瀾，只是靜靜等著最後一刻到來。

然後無論他做夢時幾歲，身體都維持相同的成年人模樣，而且旁邊總是有個模糊的少年身影，低著頭不斷堆沙，試圖將他散去的部分重新捏回來。

那少年大概是夢裡最怪的地方，即使人就在他旁邊，他卻總是看不清少年的模樣，只能感覺到對方的動作越來越焦急。

接下來發生的一切像是註定好的，他明明對前因後果一無所知，卻全然融入情境之中，說出該說的話，感受到該感受的一切。

「沒用的，別弄了。」他每次都會這麼說：「你走吧。去你該去的地方。」

「你幫了我們……大伙都被你超渡了，可你自己呢？你自己怎麼辦？」少年仍低著頭，徒勞無功地聚起手裡的沙，又眼睜睜望著它們流逝，「你救了我們，那誰來救你？為什麼……為什麼事情會變成這樣……」

稚嫩的嗓音流露出赤裸裸的哀痛與怨憤，他聽了只覺得困惑。

如此怨恨不甘……是因為我嗎？

身軀已經消散大半，他用僅存的視力看著仍在堅持的少年，又一次相勸：「不必浪費時間，你走吧。」

「我不走！如果連我也走了，還有誰來……」

「沒有人能救我，你也一樣。」他打斷少年的話，語調平淡得逼近冷酷，「就此結束也罷。

反正對於這世間，我也從未留戀過什麼……」

少年似乎被他的話刺激到了，痛苦地嗚咽一聲，終於停下動作。

但倔強的身影仍然沒有離去，而是跪伏在他的殘軀之側，顫抖著開口：「即使如此，我——」

夢境每每都會在少年抬頭的剎那止住，但那飽含著情緒的餘音卻會在空氣中滯留一陣子。

直到他的意識又再次沉入深淵……

◆

如江晨雪所說，他身上的傷都不算嚴重，但處理起來還是頗花時間，等他躺在急診室的病床上吊點滴時，天色已經完全亮了。

羅夜拉了張椅子坐在病床邊，垂眸凝視沉睡中的江晨雪，點滴管線沒入對方蒼白的手背，看得他心裡酸澀。

昨天在市警局的說法成真了，江晨雪引出更多線索，甚至成了名符其實的餌……但這完全不是羅夜的本意。

由於了解過前面的自白內容，加上一點不為人知的直覺與信任，從踏進偵訊室的那一刻起，羅夜就知道，即使他沒有使詐，江晨雪也會親自返回現場。

但當他用了點小手段，不只能讓江晨雪因為尚有利用價值而被提早釋放，他還能在對方到來時，以「受到警方誘導」作為解釋。到時只要他在值勤期間理所當然的「監視誘餌」，就能名正言順出現在江晨雪身邊進行保護……

他原先還有點得意，自覺已經計畫得很好了。

果然論及運勢，不聽麻糬言，吃虧在眼前。

彷彿心有靈犀一般，羅夜徹夜未拆的耳麥這時正好傳來麻糬響亮的聲音：『喂喂隊長大人現在沒下線吧？醫院那邊傳來資料琦琦姐在忙所以就由我來……』

「說。」羅夜踩著拍點替他斷句。

『驗傷報告出來了是穿刺傷，如果有凶器的話應該沒有立刻拔出體外，不然那個深度不會是現場的出血量而且她也跑不動那段路。』

羅夜立即想到先前攻擊江晨雪的黑絲觸手，若刺入人體之後附著一段時間，很可能就會造成麻糬說的結果。

「縛靈瓶已經帶回去了？」

『帶回來了。我們弄了個結界還在裡面燒香現在看起來滿穩定的。』

「那就好。」羅夜環顧四周，將音量壓得極低，「顧好它。那東西可能就是凶器的一部份，或者是某種同源產物。」

『好的隊長我還有另一件事報告。』麻糬繼續滔滔不絕，『林昀婷身上真的有和江老師一樣的圖騰，醫生們原本以為是刺青所以沒特別注意……』

「好，我知道了。」一意料之中，但羅夜仍面色一沉。

『欸等等我還沒說完！綜合目前的證據，江老師的嫌疑算洗清了還變成準被害人，保護申請基本上是穩過然後我們預計依規定對他進行身家背景和社會關係的排查……』

羅夜與麻糬對談之間，江晨雪正好醒轉過來。他的眼睛還睜不太開，而且還有點耳鳴，濃厚的消毒水味讓他立刻意識到自己已經在醫院，傷勢也獲得妥善的照護。

待耳鳴逐漸退去，他隱約聽見有人在他旁邊小聲說話。

「……對，就用那棟透天厝的地址，查近三年內發生在附近的傷害案和殺人案。」

認出羅夜的聲音，江晨雪心中訝異。

他……怎麼還在這裡？

「等等，失蹤案也查。那東西的攻擊模式可能把人帶到鬼域，如果人死在鬼域沒有出來，可能就會被判定成失蹤……嗯？」羅夜注意到身邊的人呼吸節奏變了，轉向病床時臉色跟著一變，「抱歉，吵醒你了？」

麻糬一聽，完美體現識時務為俊傑的真諦，『知道了隊長我先掛了祝好運！』

說完也不等羅夜回應，當即斷了通訊。

江晨雪在羅夜懊惱的注視下睜開眼睛，「沒事。我也該起來了。」

「點滴都還沒用一半呢，你再躺一下。」

江晨雪不發一語，直接用行動婉拒。他緩緩坐直，仰起頭看向羅夜，雖然剛從昏睡中醒來，但他很快就回到平時那副穩如磐石的模樣。

「你在這裡待了一整夜？」

羅夜匆忙收回視線，故作鎮定地點頭，「你身上有傷，還發著燒，我怎麼可能把你一個人扔在這。」

江晨雪聞言僵直片刻，才輕輕嘆了口氣，「這次是我行事不夠周全連累到你，讓你費心了。」

「沒事。你客氣了。」

「剩下的事我能自己處理。你工作忙，就別再為我這點小事繼續熬了。」

淺顯易懂的逐客令。

羅夜滿心無奈地勾起一笑，「恕我駁回你的提議。我想你已經知道自己成為準被害人了吧？」

「你是指這個？」江晨雪面無表情，亮出右掌心的圖騰，「所以，林小姐身上果然也有一模一樣的？」

羅夜毫不遲疑地點頭。

「不必擔心我。」江晨雪處之泰然，「詛咒並非我自己清不掉，而是留著還有用處。對我來說，邪祟能自己找上門反而省事……」

「這東西沒有你想的那麼簡單！」羅夜神色一凜急忙打斷他，一時沒藏住過多的情緒。

江晨雪見他的面色異常陰沉，漂亮的眼睛微微瞇起。

「你見過這個圖案？」

羅夜被這題嗆了一口，心想眼前的人真是精明得可怕，居然連僅僅一瞬的失態都沒看漏。

「我是沒看過一模一樣的，但類似的詛咒方式很多。」他只好將話題輕巧圓了過去，陪著笑臉說：「我的意思是，這次的兇嫌藏得很好，即使我們幾乎包圍現場，還在你受襲的第一時間就前往追捕，對方還是幾乎全身而退。兇嫌有完善的藏身與逃脫規劃，並對這個場域極為熟悉，加上你到現場之後立刻被下了和林昀婷一樣的詛咒，讓我們考慮起連續犯罪的可能性。」

他沒有說出口的是，雖然沒看過一模一樣的圖騰，但在遙遠的從前，他身上曾經被烙下過相似的印記。

印記背後會是那個萬惡的魔頭嗎？江晨雪被捲入其中真的只是因為巧合？

儘管心生憂慮，他卻暫時沒有冒進的意思，於是繼續發表官方說詞，「總之，這背後可能有它運轉的系統，並非單純把邪祟消滅就能解決問題。我們必須查出整個犯罪系統是怎麼運作的，才能把危害連根拔除，永絕後患。」

官方說法似乎成功動搖了江晨雪，他覺得羅夜這番話確實有點道理。

羅夜見他猶豫，趕緊乘勝追擊，「還有，你的情況已經被通報回去列成被保護人，要是不管你，我們就等著受罰了。」他又一次露出把銳氣收得天衣無縫的無害表情，「而且你不是親口答應要協助我們調查嗎？」

江晨雪：「……」

他才不信這隻機靈鬼沒聽出他那時只不過是權宜之計。

不過先前畢竟對這位警官有所虧欠，被誤會了人家也沒計較，還在他昏睡時照顧了整夜，若這時還堅持己見害對方受罰，未免太不厚道。

「你們需要我怎麼配合？」

聽江晨雪終於軟化，羅夜眼底含笑，先是順走他懷裡的乾坤袋放到一旁，然後替他整了整薄被，「你再休息一下子，至少確定點滴用完了人都沒什麼大礙，再跟我回局裡一趟。」

江晨雪乖乖照做，或許是昏睡時因清明夢沒有真正休息到，他出院前竟真的又小睡了一陣子。酣睡期間，一抹淺淡的芬芳始終縈繞在鼻息間，那股香氣讓他莫名感到安穩，這一覺倒是睡得清淨無夢。

後來他和醫院借了根拐杖，就與羅夜一起搭計程車來到靈務局。這地方乍看之下是由古蹟洋樓改建而成，但一進門，江晨雪就察覺到不對勁。

原來門內設了結界，外頭古色古香的洋樓只是一層皮而已。

「非常態案件暨異常事務管理局本部，簡稱靈務局。我叫羅夜，是這裡的刑偵隊長，等一下會先直接帶你到我辦公室稍坐片刻，我會再帶你處理被保護人的手續。」羅夜領著江晨雪進門，同時介紹：「我們單位運作的方式比較特殊，比如說這個辦公的地方，除非有通行證或由內部職員帶領，一般人是進不來的。」

江晨雪即使拄著拐杖也移動得相當優雅，他將目光所及之處環顧一遍，終於明白該單位所謂「包含但不限於各路妖魔鬼怪」是什麼意思。

除了他們家刑偵隊長是隻鬼，從進門到現在遇上的，沒有半個是人。

話說回來，半夜車上那名女警似乎也不是以原形示人，當時神思不清便沒深究，現在回想起來，覺得她可能是個修為頗高的狐仙。

江晨雪不禁嘆服，心想這所謂的靈務局藏得還真不錯。他在修行圈待了不少年，除了曾經耳聞警方會找特殊門路處理靈異案件外，竟沒再聽過其他關於這「半個同行」的風聲。

刑偵隊的辦公地點離大門不遠，羅夜作為隊長，在該區最內側擁有一個隔間的獨立辦公室。

這間辦公室稱不上整齊，辦公桌上的文件堆得只露出一小塊桌面，似乎還是同事特別清出來放幫買的早餐。辦公桌對面有沙發和茶几各一，茶几也成了部分文件的堆放地，沙發椅背則隨便披了一件厚外套和一條薄毯，看起來都沒用過幾次的樣子。

羅夜意識到環境不太能見人，趕緊清空茶几，將辦公桌上的早餐換過來。

「來，先坐沙發上。你燒剛退，胃口可能不太好，不過喝點粥暖暖胃應該還可以吧？」他將小碗的雞蓉玉米粥推到江晨雪面前，又指了指旁邊的塑膠袋，「吃不飽的話還有一些饅頭，都可以自便，不用客氣。」

江晨雪彬彬有禮地道謝，暫時沒打算動那碗粥。

只見他慢條斯理地坐下，輕聲說：「古時候是混在大理寺和欽天監內部，現在則單獨設了這個靈務局……地府的事業真是越做越大了。」

羅夜先是一愣，回過神後沒藏住欽佩的神情，「連這也被你看出來了？」

江晨雪不置可否，「所以，你剛才說的那些規矩和懲處，在地府還算數嗎？」

「話不能這麼說。我們單位確實是地府建置的沒錯，但既然設在人間，凡事還是得依人間的規矩來。」羅夜故作遺憾地兩手一攤，「破壞你擺脫我們的希望了，不好意思啊。」

「好吧。」江晨雪以姑且接受的表情點點頭，隨即浮出極淺的一笑，「其實我剛才是亂猜釣你的，沒想到你這麼容易就被套出話來。」

這次羅夜多愣了幾秒。

心癢癢的，像是有根細軟的羽毛在心尖上搔。也不知是因為對方難得俏皮的調侃，還是為那抹近乎吝嗇的笑意。

「反正你之後也能自己察覺，現在告訴你無妨。」他說得漫不在乎，單手撐在沙發椅背上，壓低身軀拉近與江晨雪之間的距離，「不過既然我都上鉤了，不如買一送一，再告訴你一件事。」

江晨雪面不改色地看著他。

「如你所想，這裡是地府轄下的組織。我原是一名鬼修，後來歸順地府成為鬼差，領了任務在人間工作。這身皮囊是地府為了讓我在陽間方便辦事，依照我的真身打造，除了裡面裝的不是生魂，其他地方與一般活人沒什麼差別，因此你一開始沒能識破也並非被什麼罕見的邪術蒙騙，而是地府的手藝太好。所以！」羅夜猛然打住，同時把粥碗挪到江晨雪前方，再刷一波存在感，「我很安全，不是什麼可疑的鬼。我給的早餐，你可以安心信賴地吃下肚。」

「噢。」江晨雪淡淡掃了那碗粥一眼，「怎麼覺得這個贈品好像不怎麼值錢。」

接著他打開碗蓋舀起一小杓粥，嚥下後才補上一句：「已知的情報太多了。」

聽出話中有幾分信任的意思，羅夜啞然失笑。

「換一個。」江晨雪放下湯匙，「你說你這皮囊與常人無異，那先前從你手裡生出的鎖鏈是怎麼回事？」

「你說這個？」羅夜索性叫出一截鎖鏈握在手裡把玩，「鬼剛被收進地府做鬼差時需要上一陣子枷鎖，那枷鎖平時看似無形，卻能對鬼造成束縛。鎖鏈每隔一段時間就會增長，束縛也會隨之減輕一些，待期滿判官斷定鬼差無害，便能將枷鎖全部卸下。只不過我的來歷比較棘手一點，地府始終忌憚，當年便只脫了枷，把鎖保留在我身上。日子一長，那鎖鏈的長度早就難以估計，我心想這麼長的鏈子放著不用多沒意思，就研究了一套術法，能驅動鎖鏈當武器使，挺有趣的吧？」

江晨雪一點也不覺得有趣，反倒覺得長年束縛加身挺辛苦的，但既然羅夜自己能苦中作樂，他便沒再多說什麼。

羅夜笑瞇瞇地看著他，將鎖鏈收回體內。

很想再多待一下，但外頭還有一堆麻煩事要處理。他先到辦公桌抓出兩個資料夾，確認江晨雪沒再把粥蓋回去，才柔聲囑咐：「你先在這裡慢慢吃，我處理完急事就回來。如果累了可以直接躺沙發上睡。」

「謝謝。你忙吧。」

江晨雪目送羅夜離開辦公室後又喝了小半碗粥，覺得疲憊感實在壓過食慾，於是打算靠著沙發椅背休息一下。

由於沒打算休息太久，他並未把既有的東西移開，當他壓到披掛的外套和薄毯時，竄入鼻腔的氣味令他驀然發怔。

是稍早小睡時聞到的香味……原來那是他的味道。

羅夜平時是個慣於控制氣味的乾元，倒不是其他人不能接受罌粟味，而是因為他的信引攻擊性太強，容易引起乾元的敵意、中庸的壓力，甚至在不自知的情況下勾動坤澤發情。

因此，為了同事之間和諧友愛，他連辦公室內都得定期除味，免得大家有事來找自家隊長還得戰戰兢兢的。更別提他見到江晨雪之後立刻對自己用了猛藥，這讓江晨雪即使用眼睛看就能分辨出他是乾元，也一時聞不出他的氣味。

雖說一切堪稱防得滴水不漏，但羅夜大概永遠也不會想到，自己會因對方睡去時下意識的鬆懈和隨處亂放的衣物而破防。

不小心攻破城牆的江晨雪默默又坐直了，苦惱地把剩下小半碗粥喝完，卻發現用食物氣味混淆嗅覺的效果十分有限——意識到之後，那股馨香對他的影響越發明顯，他並非沒有接觸過其他強勢乾元的信引，只是聞起來全都沒有像羅夜那麼的……好。

好。很主觀的那種好。他喜歡羅夜的味道，令他產生非理性的安全感，甚至被勾起某種對他而言備感陌生的慾求。

坤澤與乾元在生理上本就有相互渴求的本能，但個體間的適配性仍會由信引的契合度決定，相性合適的乾元與坤澤更加容易受彼此的信引撩動，在心神不定時卻也更容易被對方的氣味安撫。

被相合的乾元信引吸引原是天經地義的事，但江晨雪一向是相對清心寡慾的坤澤，乾元的信引是會影響他，但只要平常按時服用抑制劑，他就不太會被勾動。

因此現在的感覺對他來說十分陌生，陌生到有點慌。

他想了想，最終還是從乾坤袋拿出口服抑制劑，先多吃兩顆再說。

第五章 未知惡意

「麻糬，真怕我買的早餐會出什麼差錯。」

「哈？你老大親自點的還能出什麼錯？」

「這你就有所不知了，區區一碗雞蓉玉米粥真的能搞定嗎？伺候中宮不都得用燕窩粥……」

說到一半的悄悄話被橫空飛來、正中後腦的資料夾打斷，身形瘦長的中庸青年揉著腦袋轉向大步走來的羅夜，訥訥地喊：「老大早安！」

「你最近是不是宮鬥劇看太兇了？一大早就鬼話連篇。」

「嗚，我本來就是鬼嘛。」

青年名叫王桂仁，據說來歷不簡單，在地府有點後台，目前是個實習判官。不過因為性格太呆，直接轉正八成會出事，於是上頭就以尚須在人間歷練為由把他塞到羅夜手下，職位姑且掛了個隊長助理。

這個陰間的官富二代一點架子也沒有，在隊裡比麻糬還像一隻小寵物。羅夜沒打算認真跟他計較，只是收回資料夾，並塞了幾張鈔票給他，「謝謝你幫我買早餐，多的自己拿去當跑腿費，不用還我了。」

王桂仁不勝惶恐，「不、能幫上夫人的忙我也很開心，不能這樣佔您便宜！」

羅夜：「……」

麻糬：「……」靠夭勒居然直接喊出夫人來！

「沒時間跟你慢慢算錢，都給我收著就對了。」羅夜幾乎是從牙縫把話擠出來，「還有，在場的都是光棍哪來什麼夫人？是從誰那裡聽了什麼？」

「哎，琦姐都說啦！您愛了那位江老師一千年！」王桂仁兩眼發光，熱切地回應。

可憐的張瓔琦，還在為辦理手續忙碌奔波，就這麼被賣掉了。羅夜暗暗記了她一筆，同時和顏悅色地糾正：「聽好了小王，江老師是這次案件的重要關係人，同時是我的恩人。恩人是什麼意思，自己去查辭海，下次別搞錯了。」

「唔、知道了老大。」

「這些資料你幫我影印各一份，等我回來拿。」羅夜遞上那兩個資料夾，隨即瞥了眼難得安靜的鳥，「麻糬，跟我去看瓶子。」

說罷，他馬不停蹄地離去，麻糬離開前終究不忍心，小聲安慰一臉錯亂的小助理，「那老古董只是獨守空閨一千年一時有點認知失調，你別跟他一般見識。」

裝有微量黑絲的縛靈瓶被單獨放在一間拘留室裡，門內四個角落都在燃香。香煙因為結界的關係飄不出去，令整個空間變得霧茫茫一片。

羅夜穿過結界走進房內，麻糬緊追其後飛到他肩上。
「安置的時候都沒出什麼事吧？」
「沒。聽你的指示，大伙都不敢亂開那個瓶子。」
「好。」羅夜捏起瓶子晃了晃，「那我現在要開瓶了，你幫我護法。」
「開唄。」麻糬飛出一段距離後化為人形，十歲左右的水嫩少年白衣翩翩，輕盈來到結界陣眼前，略顯嬰兒肥的小臉上不見一絲擔憂之色，「我只能維持十五分鐘。」
「沒差，應該用不了十分鐘。還有什麼忠告嗎？」
「總之有危險的絕對不是你。」麻糬無比淡定，「你只要小心別玩過火就好如果把唯一的線索玩掉就糟了。」
羅夜笑罵一聲，打開縛靈瓶，將手指探了進去。
黑絲立即纏了上來，他刻意不做任何防備，任由那東西在自己身上飢渴掠奪。
「攝魂？」羅夜轉動手指將黑絲勾了出來，他能猜出黑絲的目的為何，但由於這副皮囊裡裝的不是生魂，被奪取的其實只有維繫本體的陰氣。然而以他的境界完全承受得了這點損傷，消耗甚至遠低於硬扛江晨雪的驅邪符。
「原來如此。奪人精氣，攝人魂魄……這是要把人榨乾的意思？」
黑絲沒能壯大，反倒受羅夜凌厲的陰氣侵蝕，猶如飲鴆止渴。可見那東西的意識僅限於「奪取」和「攻擊」行為，沒有判斷自身安危的能力。

評估完畢，羅夜趕緊把黑絲摘下來塞回瓶子裡，以免真如麻糬所言，把線索玩掉了。

「我曾聽說過一些修行的旁門左道就是攝人魂魄，有些妖也會吸食人身上的精氣提升修為。」麻糬碎唸著走回羅夜身旁，「就我所知這些動作小則使人精神不濟大則導致昏迷不醒甚至死亡，但很少讓人出現外傷的。」

「你說的是可能的動機之一。」羅夜回想夜裡的短暫交鋒，如果用黑絲的功能去推敲，模式其實滿好破解的，「黑絲比較細小時，掠奪他人的精氣魂魄壯大自己，成長到一定強度時開始攻擊，最終吸入的東西應該會吐出來還給製造者。攻擊行為要麼就是對血肉有需求，要麼就是純粹惡趣。」

麻糬厭惡地抽了口氣，像他這種靠腳踏實地一路苦修上來的妖精，對這類為了貪快而亂傷無辜的行徑十分不齒。

「這樣就覺得噁心啊？」羅夜笑著搖頭，「還只是常見的偏途而已。有的修士自視甚高，不屑於攝常人的魂魄，更別提用妖物的方法取人精氣。對他們來說鬼和妖都是奴，你知道這類人通常是拿什麼來增進修為嗎？」

「我一點也不想知道。」

「活捉其他修士，逼迫他們成為爐鼎，養著慢慢折磨。」羅夜無視麻糬的意見，繼續自問自答：「能做這種事的通常是乾元，他們有更多先天上的本錢去控制其他性別的修士，如果爐鼎是坤澤，乾元還能透過標記完全支配對方。那些爐鼎眼睜睜看著自己辛苦得來的修為被榨乾，卻只能受制於本能臣服於那個強大的惡人身下，受盡屈辱、求生不得求死不能。如何？這才是更噁心的惡趣味吧？」

「靠這真的很變態！你的惡趣味也沒好到哪去我都說我不想聽了你還硬要講！」麻糬忍無可忍，變回原形跳到羅夜肩上，狂啄他的脖子以示報復。

羅夜泰然自若地讓他啄，用促狹的笑意掩飾湧上心頭的焦躁。

千年之前，那個人和現在一樣也是坤澤。在各方面都更加保守艱困的年代，能達成頂尖修為且頗具威望的坤澤修士寥寥無幾，他知道他的舊主一直都渴望標記那個人，親手毀去那高潔堅毅的心志，讓那個人徹底淪為自己的所有物。

雖然最終走向毀滅也沒能得到……

倘若黑絲背後真的是他舊主，那麼恐怕是魔頭經過當年的重創，已經沒本錢「挑食」，變得什麼都不忌口了。

曾經出類拔萃的高傲魔修，如今忍辱歸來，對那個人……對江晨雪的執著與恨意，又會到什麼程度？

明明現在的江晨雪應該已經不記得那段前塵往事，一切對他來說根本是飛來橫禍。

想到這裡，羅夜垂在身側的手緊緊握拳，力道大得指節泛白。

於公，他作為地府鬼差，不可能放任利用邪術濫殺無辜、禍亂陰陽兩界的事情接連發生；於私，他想盡全力，保護一個人。

「走吧麻糬，我們去資訊室一趟。」

同一時間，張瓔琦面有菜色地帶著文件回到刑偵隊。

「你們有人知道去哪裡找局長嗎？」她不抱希望地對著全辦公室大聲詢問。

「局長還在陰間，不知道什麼時候會回來。」一旁的同事回話：「隊長剛才和麻糬去拘留室了，有急事妳要不要先去找他？」

「找他沒用。這得局長批准才行。」張瓔琦苦惱地放下文件，用力掐了掐眉心，「看來只能後補程序了嗎……」

這時王桂仁正抱著羅夜的兩個資料夾從影印機旁踱回座位，剛好撞見唉聲嘆氣的張瓔琦。

「咦琦姐，夫人的保護申請不順利嗎？」

「咳！」張瓔琦被這聲大剌剌的夫人嚇得狐軀一震，「夭壽喔，夫人是什麼東西？要叫江老師！你以後千萬別在隊長面前叫錯了。」

「來不及嘍，他剛才不只叫了，還在隊長面前把妳賣了。」另一名同事幸災樂禍地補刀。

張瓔琦：「……」這個可恨的憨憨！

眼看百年狐仙的妖氣蠢蠢欲動，王桂仁求生慾爆表，連忙像個想在課堂間發言的小學生一樣舉起手，「琦姐！妳不是有急事找局長嗎？我應該可以幫妳。」

說完，他從座位裡翻出一張皺巴巴的傳訊符，往裡面灌注些許法力。

「白叔好，是我。我們局長在地府對嗎？你能不能幫我傳個話給他，說是有急件需要他處理……」

「咦？你說可以直接幫我代轉嗎？那我問一下……」

全刑偵隊目瞪口呆，這個後台成謎的官富二代，竟然在眾目睽睽之下憑空開了一扇後門出來！

王桂仁才投來詢問的眼神，張瓔琦就直接遞上文件，沒想到這個小呆瓜連手也不靈活，居然一時沒拿穩，把文件全散到了桌上。

「哇啊——！唔、白叔我沒事，只是把文件弄散了，等我一下……」

他哀號著把七零八落的文件收妥，然後在同事們傻眼的注視下畫了一個傳送陣把東西送過去。

「白叔你確定有收到了嗎？保護申請許可……對，是這個沒錯。謝謝。」

狀況連連的通話總算結束，他睜著小狗般的無辜大眼看向張瓔琦，討好地說：「白叔說局長處理完他會再幫忙傳過來。我這樣算將功贖罪了嗎？」

「……小桂子，你現在已經是最接近聖上的紅人，本宮留不住你了。」

「別這麼說，只是拜託親友幫個小忙而已。」王桂仁靦腆地抓了抓後腦，接著可憐兮兮地拿起羅夜給他的兩個資料夾，「比起這個……妳能再教我用一次影印機嗎？我剛才自己試了半天還是印不出來，人間的機器實在太難用了。」

◆

資訊室主任姓宋，曾在地府當過很長一段時間的文判官，好不容易光榮退休，卻發現自己閒不下來，於是自請來靈務局工作。現在的職位以他的資歷而言算是屈就，因此局裡大大小小都對他敬畏有加。

要查一個生死未卜千餘年的魔頭，找這位前輩幫忙再合適不過。

宋主任長相富態，臉上總是掛著和藹可親的笑容，一點架子也沒有。羅夜和厤糬到訪時他剛泡了一壺茶，立刻就為他們多倒上兩杯。

羅夜客客氣氣喝了口茶，開門見山道：「宋主任，最近我手上有個案子，想拜託您幫我查一個人……」

「你說江晨雪嗎？我不久前才讓人把資料拿給小王助理呢。」宋主任笑吟吟地靠上辦公椅背，「不過既然都來了，直接跟你說一下也無妨。」

羅夜聞言皺眉，「被害人排查怎麼會是您來做？」

「呵呵羅夜，你是惡鬼嗎？」宋主任調侃，「你早上不是才叫隊員地毯式篩選三年內的舊案？你們現在有時間壓力，但比對舊案就是得耗時間，大家都忙得空不出手了。我得知這件事，就順手把江晨雪的排查接過來做，查一個人而已，不至於擠不出空檔。」

「對嘛宋主任簡直救星！」麻糬飛到宋主任圓滾滾的肚子上蹭蹭，「所以您查完之後有什麼見解嗎？」

「考慮江晨雪受詛咒當下的情況，他在現場被臨時看中的機率還是比較高。不過他和林同學的身世確實有些共同點。」宋主任嘆了口氣，「都是命苦的孩子。」

羅夜默默聽著這句話，皺起了眉頭。

「早上保安科的同事才說，他們已經把林同學聯絡得上的親屬都聯絡過一遍，全都在推託，深怕一來醫院就要負擔醫藥費。她父母死得早，由祖父母養到成人，但大一的時候祖父母先後過世，之後就沒人管她了。」

「……我之後聯繫一下醫院吧。要是沒人願意出面處理，錢我就先幫她墊著。」羅夜雙目低垂，面帶不平之色。

「你終究是心善。這樣很好。」宋主任點頭讚許，「江晨雪的家境也差不多，年幼時父母雙亡，在親戚間當了好幾年皮球兒童，受過不少苛待。十二歲那年歷經一次嚴重的中邪，差點要命的那種，親戚把他帶到澄光宮驅邪，他便在廟祝指點下順勢入了道，當年就被澄光宮欽點為天師。後來親戚乾脆把他扔給廟祝，那孩子幾乎是在廟裡修行長大的。」

天師可以視為對道士的尊稱，但真正嚴謹的天師與一般道士其實有點差別——除了正統張天師家系的一脈相承，還有一些是個人經由「神授」得到資格，而宮廟在承認正統這方面扮演了重要角色。

「澄光宮欽點？那不是很厲害嗎國內的正統天師兩隻手數得出來耶。」麻糬訝異地啾啾，「那為什麼他會只在一個小攤算命還看起來很窮酸的樣子？」

「他有堅強的實力，但運氣實在太差了。」宋主任語帶惋惜，「每每參與比較大的法事，功勞都會莫名其妙被別人搶走，加上他時不時就會遭遇橫禍，久而久之就有同行開始帶風向，說他如果真有本事，為什麼連自己的災也擋不了？總之基於各種緣由，他雖然是擁有正統資格的天師，卻沒有得到相應的名望，生活也一直頗為清苦。」

聽到這裡，羅夜起初的不悅已經轉化為某種更淵遠流長的怨懟。

為什麼他的命運會是這樣？

都說善有善報，行善能積陰德，將福澤帶到後世……雖說他前世死前身受詛咒，但難道一生行善濟世累積的福報還不足以化解嗎？

縱然心有不甘，羅夜卻還是隱忍下來，朝宋主任擠出感激的笑容，「謝謝主任。沒想到您用這麼短時間就能查到這麼多事。」

「還好，我在修行人的圈子裡有點人脈，也有陰間一點特殊管道，江晨雪那些事並不難查。」

「雖然現在才說清楚實在不好意思，但我一開始來，其實不是要問江晨雪的事。」

「呵呵，從你問起分工時我心裡就有底了。先把知道的情報寫下來吧！我也好奇讓你親自來拜託我查的人到底是誰。」

羅夜借來筆和便條，寫下一個稱號，以及那人的卒年。

玄陽魔尊　玄曦君

宋主任坐在對面看著他寫，依舊是那個慈眉善目的笑容，然而被頰肉擠得細長的眼睛卻微微睜大了一點。

「抱歉，當年認識他時能力有限，能得到的情報太少了。」

宋主任沒再多言，只是將便條折好收進口袋，「沒關係，我先試試。」

「謝謝。那之後就仰仗您了。」

出了資訊室，麻糬再度回到羅夜肩上小聲問：「你剛才寫的人是誰啊？」

「一個變態。」

麻糬立即會意過來，瞬間炸成一顆毛球，「是拘留室裡說的那個？原來你認識？你們是什麼關係？」

「千年之前，我曾是他的鬼奴。」

羅夜並不覺得這是什麼難以啟齒的事，麻糬聽完卻啞口無言了片刻。

「所以你覺得那個變態跟案子有關係？聽起來不太妙啊隊長，萬一真撞見了你還被他記恨著，那不是……」

「就算碰上了他也不會認得我。那時他手下的鬼奴少說有幾百個，都是由部下看管，他本人才不屑一顧。而且目前線索太少，我也無法斷定案子和他真的有關。」

羅夜沒有把話說死，表情卻凝重得像是已經確定答案。

「麻糬，我寧可是我想錯了。」

一人一鳥再次回到刑偵隊，張瓔琦一見到羅夜立刻就迎了上去，臉色說不出的微妙。

「夜哥，江老師的保護申請局長准了，這是影本，你留存一份。之後補上同意書就算跑完程序了。」

「這麼快？局長不是在陰間嗎？」羅夜接過文件，對這次的高效率備感訝異。

「桂子走了點後門，他在地府吃得開，你懂得。不過這個核准內容不是走常規，而是開成個案，走特殊規定。」

張瓔琦的態度格外謹慎，說話像擠牙膏一樣，羅夜等得不耐煩了，忍不住開口催促：「一口氣說完。跟我妳還扭捏什麼？」

「咳，總之局長說，江老師既然是澄光宮欽點的天師，必定有他的本事，不如趁這次機會請他協助我們查案。」

羅夜捏著紙張的手指緊了緊，張瓔琦一時看不懂他的臉色，趕緊悄聲安撫：「其實我覺得這樣也不錯，因為你的職位不可能真的去擔任全職保護官，就算主責人填你，實務上也是調派其他人手過去，但如果江老師能參與查案，你就可以名正言順把他帶在身邊了。」

「那位難得親自下旨一次，居然一開金口就是要佔別人便宜？」他沒有正面回應張瓔琦的說詞，反倒似笑非笑地開了嘲諷。

「喔對我忘了說，待遇可以照專業顧問費算，不會讓老師無償幫助我們！」張瓔琦補充完，品了品自家隊長的臉色，覺得這事情基本上是成了。

事實上羅夜並不討厭這個決策，甚至可說是頗合心意，但總覺得其中有種說不清的古怪，所以忍不住想出言質疑一下。

「不對啊……」這時他才忽然想到，「被害人保護申請的檢附資料不含身世排查，有他受詛咒的證明就可以送了，局長怎麼會那麼快就知道他是澄光宮欽點的天師？」

「老、老大！這不是琦姐的錯，是我不小心……」

王桂仁抱著他終於印好的資料和正本資料夾，踩著小碎步跑到羅夜跟前，「我在幫琦姐遞送資料前手滑弄掉在桌上一次，收拾的時候不小心把桌上的排查文件混進去了。」

羅夜無言片刻，實在不知道該拿這個呆過頭的助理怎麼辦。

「……叫你印的東西呢？」他板著臉問。

「都、都在這裡了。」王桂仁雖然抖得像篩糠一樣，所幸這次沒有手滑，好好地把資料全都遞交上去。

「這次沒有造成什麼損失，先不跟你追究。下次東西送出去前注意一點。」

「是！老大！」

羅夜點點頭，空著的手往肩頭一撈，把麻糬送到王桂仁頭上，「我去處理一下同意書。很快就出來。」

王桂仁目送羅夜進入辦公室的背影，為自己逃過一劫而鬆了口氣，麻糬則在他頭上振了振翅膀，羨慕地說：「你這小鬼就是好運！犯了小錯還能促成一件好事，且讓我在你頭上多蹭蹭看能不能跟著好運當頭。」

沒錯，王桂仁小弟弟做什麼都不太擅長，唯二的優勢就是後台硬和運氣好，算是「傻人有傻福」的最佳代表了。

◆

羅夜踏進辦公室時，立即撞見一個神祕的畫面。

江晨雪端坐在沙發上，專心致志地控著一小圈浮在半空的火符，一顆白胖的饅頭夾蛋墊著塑膠袋，被放在火圈中央細火慢烤。

羅夜不知該驚嘆於他操作符咒的熟練技術，還是該吐槽他居然耗費靈力和心力在這種小事上……

「老師，茶水間有微波爐和電鍋。」羅夜從大袋子裡拿出另一顆饅頭，「你這樣太費力了，不然我先去幫你熱一顆再拿過來？」

江晨雪沒有回話，而是發力燒完火符，使饅頭皮被烤得略帶焦黃。隨後他隔著塑膠袋碰碰溫熱的饅頭，顯然滿意了，才將它包回去遞給羅夜。

「給你。」

「……？」羅夜怔怔伸手去接，他完全沒想到會有這樣的展開，不禁露出錯愕的表情。

「你不是沒吃早餐嗎？」江晨雪三兩下收拾完灰燼，「我睡不著，等待時間閒著找點事做，這點消耗還可以。」

更大成分是被你的味道擾亂之後不敢再靠上沙發……但他當然不可能當著本人的面說出來。

「唔、那就謝謝了。」

羅夜將熱騰騰的早餐捧在手心裡，竟然一時捨不得吃掉。他將另一手的文件放上茶几，對江晨雪說：「這裡有幾份文件需要你簽，相關規定都寫在裡面。另外，我們局長知道你的資歷之後也希望請你協助調查，注意事項和待遇我之後會再詳細告訴你。」

江晨雪對冗長的官方文書內容基本上都沒什麼意見，文件都簽完之後，他才想到一個問題，「我需要在這裡住多久？」

保護期間他必須借住在靈務局，如有出門的需求，也要有警力陪同。他是自由工作者，小攤暫停營業一陣子不算大問題，之後也有顧問費可以補貼這陣子的損失，但他總覺得一直這樣勞師動眾不太好。

「得看查案的進度。可以的話還是盡量爭取早日解除危機，還你自由。」

羅夜說著，終究還是吃起了已經快變午餐的早餐。江晨雪把火候控制得十分完美，那饅頭居然被他烤出一層薄薄的脆皮，咬起來口感極佳。

「我們會把一間會客室整理出來讓你暫住，局裡衛浴、茶水間等設備你都可以自由使用。雖然我們這裡二十四小時都有人值班，不過我作為主責保護官，無論有沒有排班都會留守在這裡。」

江晨雪皺起眉頭，正想說什麼，羅夜就嘻皮笑臉地把話接過：「反正有案子的時候我通常也回不了家，對我來說根本沒差。」

話說到這份上，江晨雪覺得再客氣也沒意思，只好委婉表示：「……我會盡力協助查案。」

「嗯。合作愉快啊，江老師。」

羅夜眉開眼笑，三兩口把剩下的饅頭夾蛋解決了，末了還用指尖沾了黏在唇角的蛋渣淺淺抿了一下，那動作被他做起來有種難以言喻的瀟灑不羈，就像是蜻蜓點水吻了手指一下。

「等一下我請同事帶你回家拿生活用品和重要財物。今天下午我們會開大會，到時候我會跟大家提一下你來做顧問的事，你從明天開始加入就好。」

◆

江晨雪依規劃在警察陪同下回到住處一趟，在此期間，靈務局集結了有關部門，開會彙整案件進度。

早上鑑識科同仁去醫院看過林昀婷，確認昏迷不醒的情況與遭到攝魂的狀態相符。從案發現場分析、醫院驗傷結果，和他們帶回的黑絲推斷，那個不見蹤影的「凶器」，應該就是更大量的黑絲。

此外，他們還把所有嫌疑人的筆錄和偵訊影像都重新梳理過一遍。

房東蔡旺喬，中庸男性，目前靠出租家裡留下的幾棟房產維生，自己與家人則住在靠近天譚市郊的其中一間房子裡。

他在接受偵訊的第一時間就表達出對林昀婷的同情，但接下來都在極力撇清一切關係：沒接過任何房客投訴、房子絕對沒問題，並聲稱自己對其他房客沒有特別的看法，只要按時繳錢不弄壞房子，對房客的個人行為從不干涉。

至於案發當日羅夜特別留意的祭神用品，據蔡旺喬所說，是從自己家裡剛汰換掉卻捨不得扔的東西，最近才用了最後一次。因為看這間透天厝的雜物區還有空位才拿過來擺放，並非刻意安置神位。

一號房客為林昀婷隔壁房的方可安，坤澤女性，天譚大學研究生，已在透天厝住了五年八個月。案發當晚留宿於中庸男友柳川家中整夜未歸，隔天在柳川陪同下來市警局受訊。受偵訊時聽見隔壁房發生兇案後嚇到情緒崩潰，問不出多少東西。

由於她的不在場證明完整，加上精神狀態不佳，是最快做完筆錄的人。而她男友聽說也有點狀況，一開始看似好好的，但和方可安分開不久就開始分離焦慮，花了些許額外的警力才安撫下來。

二號及三號房客為中庸夫妻劉文棋、葉謬姿。劉文棋是保險業務員，葉謬姿則在餐飲業當服務生。兩人於搬來第一年結婚，今年是第三年，原先住在一樓最大的房間裡，不過上週已先入住剛買下的新屋，一年為期的租約則於本月底到期。

夫妻二人分別表示他們的工作一向忙碌，與其他房客互動很少，幾乎等同陌生人，對這次事件只能表達遺憾。

四號房客是住在地下室的翁平，乾元男性，在家工作的自由接案者，在透天厝住了將近九年。由於地下室的房型包含衛浴設備，讓他整夜都不用上樓解決生理需求，因此他是直到早上警察找上門，才知道樓上出了大事。

翁平是當晚唯一留在屋內的人，但他那時正在熬夜玩線上遊戲，全程戴耳機開語音，所以沒注意到一樓的動靜。案發當時，他與網友在組隊打副本，期間皆有留螢幕錄影為證。

與樓上的夫妻檔一樣，翁平也自稱不常和同棟鄰居互動，對待本案的態度則是最冷漠的，就算聽說林昀婷重傷住院也沒有任何表示。

最後一名受訊人江晨雪目前已被認定為下一個被害人，而且案發當日那枚護身符經靈務局鑑識科檢驗，確實有起到保護作用，因而洗清嫌疑，並在稍早被局長親自委任，成為本案特設的專業顧問。

靈務局的大會由羅夜主持已是常態，他將房東和同棟租客的照片投影在牆面，正色說：「這些人都有完整的不在場證明，經初步調查也沒有修行背景，應該不會是幕後操縱黑絲的人。不過黑絲就藏在這棟透天厝裡，也許他們還見過其他異狀，只是市警局的偵訊方向比較務實，因而沒被問出來。」

「需要再問一次嗎？」張瓔琦問。

「不是馬上。他們現在還是防備心最重的時候，所有供詞都極力把自己往外推。目前查到的資訊還太少，如果他們不願意配合，我們手上沒有籌碼。」羅夜說：「我想等舊案比對有初步結果，再看看有什麼突破口。對了成岡，你們早上去現場蹲點時有人回去了嗎？」

成岡是今早現場排班的組長，聽聞隊長點名，他反應極快地回答：「只有翁平在家。他說自己一時也沒別的地方去，躲在自己房間眼不見為淨就好。」

「膽子倒是滿大的。」羅夜嘀咕：「房東呢？」

這次是另一名隊員應答：「房東有來過一趟，那時我們正好在跟市警局的人手交班。他在外圍看了一圈，就一直盧我們早點撤掉封鎖線，說是怕造成其他房客和鄰里恐慌，後來甚至想塞錢，被我拒絕了。」

理由聽似冠冕堂皇，但大伙心裡都有數，他其實只是怕麻煩想早點了事而已。

羅夜蹙眉沉思了片刻，「他後來有追問過林昀婷受傷的情況嗎？我看他受偵訊時也沒有多問這件事。」

隊員愣了一下，一臉覺得問題荒唐又不好意思拆台隊長的尷尬。

「呵。我也不認為他會突然良心發現，而是覺得他目前靠著當包租公吃飯，應該會格外在意這件事才對。」羅夜皮笑肉不笑，如盯上獵物般瞇起了眼睛，「因為林昀婷如果死了，這裡就是案發第一現場，無論狹義的法律如何定義，這間房子都會被街坊鄰里視為死過人的凶宅。其他房客還敢續租嗎？未來還有其他人敢來住嗎？」

為什麼不需要擔心？是本來就料到結果？還是有什麼條件讓他有恃無恐？

接著，羅夜就在同仁們恍然大悟的感嘆聲中下達指示：「持續留意這個房東，房客也盯著，任何動靜都不要放過。」

第六章　進退兩難

時光飛逝，距離林昀婷受襲已經過了一個月。

如羅夜所料，血案不到一週時間就被其他更聳動的社會新聞掩蓋過去，逐漸被大眾遺忘。而林昀婷至今未醒，案情也陷入膠著。

首先他們對林昀婷租屋的情況做了更進一步調查，得知她入住透天厝的原委。她原是和祖父母一起住，但兩老離世後，爭搶遺產的親戚時常為了那棟房產登門騷擾，意圖逼迫她搬離原住處。她實在沒本錢和那些霸道的親戚爭，於是開始打聽學校附近價位低廉的租屋處，並在大一第二學期開始後不久，經由打工認識的方可安介紹住進透天厝裡。

後來警方試圖再聯繫方可安配合調查，總算問出她和林昀婷平時相處的情況，兩人雖然不是相熟的朋友，但一直處得不錯，因此那天她是所有房客裡表現得最悲傷的人。事隔多日，方可安的情緒仍沒有穩定下來，時常說到一半就無法好好回答問題，最後只說自己暫時不敢再回租屋處，打算先跟柳川住一陣子。

其他房客暫時沒有異常表現，翁平繼續「遺世獨立」地把自己關在地下室，劉文棋和葉謬姿本來就已經搬家，依舊如常度日。

房客的線索幾乎就斷在這裡。

舊案比對進行到一個段落，未破的謀殺與傷人案明顯都是人為，失蹤人口倒有兩例可以繼續往下追蹤。

案A李姓坤澤少年，兩前失蹤。失蹤時就讀高中二年級，有翹家、嗑藥，以及非法性交易的前科。長年酗酒吸毒的父母對他疏於照顧，失蹤甚至是學校老師報案，最後記錄到的行蹤是走進站前路一二六巷時被監視器拍到。

案B林姓坤澤女子是站前路一二五巷的住戶，三年前失蹤。因精神狀況不穩定長期無業在家，由年邁的祖母照顧。但自從照顧她的祖母離世，她也跟著人間蒸發，直到親戚處理祖母喪事時發現才報案。

兩名失蹤者最大的共通點，就是他們都屬於社會上的弱勢群體，即使失蹤後有人報案，也沒有親友出面持續關切案情。警力終究有限，這些無人管問的失蹤案往往會被更急迫的案件壓過，以不了了之告終。考慮到林昀婷亦有相似的背景，若能進一步確認關聯性，就幾乎能推斷幾樁案件的被害人都是有經過篩選的。

目前靈務局正把主力放在舊案重查上，但畢竟已經隔了一段時間，加上線索本來就少，一時半刻很難有突破性進展。

最麻煩的還是房東蔡旺喬。這人精明得要命，十分懂得保護自己和手上的資產，除非出現絕對有關的證據，任何超出案發第一現場的搜索都可能惹上法律糾紛。

而且他在地方派系裡似乎有點人脈，近日正不遺餘力地聯合那些人試圖息事寧人，效果還相當顯著——

這傢伙居然找了民代來施壓。

羅夜剛接完主管機構關切進度的電話，官腔打得口乾舌燥，連喝乾的馬克杯都來不及補水，市警局的電話又來了。

看來是民代沒有對接靈務局的門路，直接就找上了市警局。市警局長不想淌這灘渾水，姑且先推託一番，然後派手下和羅夜關係最好的陳冠維去打人情牌，看是否有機會喬一喬，爭取早日結案。

「照委員的原話，就是也擾民夠久了，至少封鎖線和監視的警力先撤掉。」陳冠維其實也不甘願打這通電話，他這個人耿直慣了，連人情攻勢都可以打得硬梆梆，「我也不願意這麼說，但他們拿了一些證明過來，說林小姐經常在社群網站上抒發負面情緒，幾篇發文甚至還有疑似想輕生的發言……」

羅夜最近都在調查林昀婷的事，對那些內容如數家珍，即使她在動態中寫下「想死」的字句，也看得出她不是認真尋死，就是在發牢騷抱怨人生而已。

「抱歉陳哥，是我們動作太慢，讓你需要代替別人講出這些話。」

陳冠維一口氣卡在喉頭，這聲道歉令他心裡更難受了。

「抒發負面情緒又怎麼了？林同學真的過得很辛苦。」不忍心是真的，羅夜提起林昀婷的身世背景，語氣一下子柔和許多，「我這陣子算是把她查得一清二楚了，她是好不容易靠成績拿了獎學金考上天大，排名前面的大學，資源不錯考進去的學生佔多數，別的同學能用家裡的錢充實人生，她卻連可以依靠的家都沒有，不苦嗎？不想死嗎？但人家還不是天天去打工賺錢，學業也沒有真的荒廢。」

「我知道他們想幹什麼，說她精神有問題，自己弄的，把責任全部推給被害人，圓滿結案皆大歡喜。」羅夜長嘆一聲，想著能不能將滿腹牢騷吁掉一些，「要撤除封鎖線、減少監視警力，我都願意斟酌配合，但案子不能就這麼結掉。都過一個月了，陳哥，還是沒有親人願意來看她。只剩警方能夠為她追出遇害的真相，如果連我們都想息事寧人，那些有權有勢的人就會知道，他們可以罔顧正義和公理，對資源比他們少的人為所欲為。」

羅夜都說得那麼白了，陳冠維也省得把那些冠冕堂皇的腹稿說出來。他的想法本就和羅夜相似，只是夾在中間左右為難，不得不喬出一點結果而已。

「一定得撤掉封鎖線，監視警力也多少減一點，就當是做樣子給他們看也好，剩下的我去幫你說。」陳冠維跟著重重嘆氣，隔著話筒都能想見他皺出新深度的眉頭，「但動作要快，要是短期內仍然沒有進展，下次來喬結案的就不會是我了。」

「謝啦陳哥。這次為難你了，等事情結束我再請你吃頓飯。」

「呵，你的好意我心領了。」陳冠維乾笑幾聲，「對了，我們局長下午會和委員去案發現場附近視察，如果你上司都不在，可能會需要你去一趟。畢竟這個案子目前在你們手上，你去露個臉表示一下誠意，他也許會更願意再幫你們擋擋。」

「好，我知道了。我們這裡就老樣子。我自己去吧！」

電話兩端都是忙人，沒有多餘的寒暄就雙雙掛斷。羅夜清了清乾啞的喉嚨，正想繞過文件堆去拿剛才隨手放在一邊的空馬克杯，卻發現旁邊多了一個裝著溫熱果乾水的透明茶壺。

羅夜站起身，越過文件堆出的小山看向沙發，果真見到正在翻閱資料的江晨雪，以及桌上裝有相同飲品的玻璃水杯。

江晨雪就是這樣，平時感覺待人冷淡，但一起生活時總會在一些小細節被他照顧到。對此他也從未特別表示過什麼，好像什麼事都是順手做的，即使別人沒注意他也不會在乎。

一個月來，他們的工作和休息時間幾乎重疊，說是形影不離也不為過。羅夜這隻千年老鬼長年打滾江湖也從未染上過什麼癮，卻因為江晨雪而體會到近似上癮的感覺——他已經快要忘記從前沒有江晨雪時自己是怎麼過的了！

「你什麼時候回來的？有時我真分不清你和我到底誰才是鬼了。」他感嘆著江晨雪的神出鬼沒，喝了大半杯淡淡橙香的溫水後晃到沙發旁，「果乾哪來的？琦琦又團購了？」

「是你這裡阻礙視線的物品太多。」江晨雪仍在埋頭看文件，先拐著彎說他辦公室太亂，才答道：「確實是張警官剛才給我的，說他們現在流行這樣泡著水喝。」

羅夜捕捉到白淨臉上的清淺笑意，不禁好奇，「什麼事讓你這麼開心？這麼喜歡果乾水啊？」不然之後來問琦琦去哪買的好了……

江晨雪闔上手邊的資料，總算抬起頭直視羅夜的眼睛。

「你剛才電話中說的那些話很不錯。」

「什麼？」

「我知道你是真心這麼想，不是光講大道理。」

羅夜的話中流露出堅定不移的原則，即使現實讓他必須圓滑妥協，但有些刻在骨子裡的精神不會因此流逝。

那是一種讓人欣賞且心生嚮往的風骨，而在羅夜身上見到這樣的風骨令江晨雪格外高興，連他自己也說不上來為什麼。

「謝謝。」羅夜被誇得有點心慌，趕緊轉移話題，「對了，等一下市警局長和民代要去站前路附近視察，我上司都不在，只能由我去應付。封鎖線這幾天就要拆了，你要不要和我一起去一趟？到時候我去看著官員，你再仔細看看現場。」

江晨雪這陣子身上有傷，又顧慮出門得派警察監管的保護規則，因此幾乎沒踏出過靈務局給同仁們添亂。現在他腳傷也好得差不多了，的確想再到現場仔細勘查一次。

「好。不會干擾到你吧？」

「照理說他們不能太接近案發現場。真有什麼踰矩的要求，我就拿局長出來擋一下，局長在官場上還算有份量，反正他們也沒本事連絡上，不能玩關說這一套。」

這種連聯絡管道都成謎的狀態引起江晨雪的好奇，「你們局長、副局長似乎比較常待在陰間？」

「他們在陰間有要職，也都具有神籍。其實靈務局比較像是藉他們的名聲和神籍鎮住各方勢力吧。」

「中央政府也知道這些事？」

「當然。所以才會睜一隻眼閉一隻眼。」羅夜別有深意地眨眨眼，「其實人間政要和神明多少有點交流，只是天機不可洩漏，越是懂得箇中奧妙，越不敢往外說。」

江晨雪十分懂得進退，雖然他對這類同業話題多少有點興趣，但羅夜沒再主動說，他也就不再多問。

「等一下就我們兩個去嗎？」

「帶著小王吧。我之後可能要花點時間和老油條周旋，你身邊還是得有警力看守。」

江晨雪想到那個連走路都歪歪扭扭的小警官，反倒有點擔心對方的安危，「相隔距離不遠，我自己待一下沒問題。就算出了事，我也有辦法應付。」

「我知道你可以自保，不過還是讓他跟著吧。那小子沒別的，就是運氣好。」羅夜調笑道：「相信我，麻糬是對外宣稱的吉祥物，但其實這隻才是真的。」

◆

下午，一行人抵達透天厝邊。

這次江晨雪的乾坤袋沒有偽裝就直接掛在腰間，令人一眼就能看出專業顧問的身分。他和王桂仁下了車便直接進到屋裡，羅夜則留在室外，意圖攔截即將前來視察的兩尊「大佛」。

一進入室內，江晨雪就拿出羅盤，習慣性先看房子的風水。頭天晚上紙鶴才剛進屋就被羅夜抓包，沒能仔細審視環境，雖然後來有看過案發現場的照片，但實地觀察能察覺到的東西終究更全面。

這棟屋子為增加出租房間數而經過改建，已經被隔得亂七八糟。尤其林昀婷的房間附近堆滿雜物，裡面又沒有對外窗，毫無採光可言，一看就是大凶之象。光線昏暗、環境雜亂、空間擁擠都是容易招陰的風水，這附近的擺設堪稱負面教材等級。

此外，這棟透天厝的大門朝向正北，而林昀婷的房間正好落在正西五鬼位上。五鬼是很強的瘟神地煞，在五鬼位上硬隔出一間大凶的臥房……說此地是這棟房子裡最陰邪的地方也不為過。

接著，他見到房東筆錄裡曾經提及的香爐和蠟燭。

都是祭過神的器具，如果淘汰之後捨不得扔，應該用紅布包好放在距離地面有點高度的架子上，或者轉送給有需要的親友。這樣隨便亂放在陰暗的角落生灰也是忌諱，可能給自己招來厄運……

有股難以言喻的不協調感在江晨雪心頭縈繞不散。

房東會在自己家裡安神位祭拜，可見是相信祭拜神明能護祐自己的人，但在這間同屬他名下的屋裡，卻像是嫌不夠陰似的，不斷觸犯禁忌。即使他因為房子並非自住而罔顧風水，那汰換掉的香爐總跟自身運勢有關係吧？

江晨雪陷入沉思的時候，守候一旁的王桂仁見他在雜物堆附近停留許久，便好心上前告知：「老師，您如果要進房間的話直接越過封鎖線就行。血跡跟證物都已經清理過了，如果需要動到什麼東西，再跟我說就好。」

「謝謝。我還想再仔細觀察一下這裡。」江晨雪收起羅盤，指向雜物堆，「我能再靠近一點看嗎？」

「那裡嗎？我先確認……啊！」

王桂仁不愧為粗手粗腳界的翹楚，一靠近就不小心踢翻堆在紅木桌邊的雜物，自己先製造了一團混亂。

「抱歉！我趕緊復原……」

「等等。」江晨雪叫住他，蹲下身靠近查看。

散落一地的雜物沒什麼可看性。但原先被雜物遮住的紅木桌附近似乎有點玄機。

就在木桌靠著的牆面上，有一小塊區域比周圍髒出許多，乍看之下像是環境潮濕而生的黴垢，但觀察後不難看出發黑的污漬過於工整，形狀完整得像是剪影風格的圖畫。

中央的污漬有著圓胖的形體，左右兩邊還各長出一個對稱的「耳朵」，在其兩側相隔一到兩公分的地方也有對稱的長條污漬，並且各自頂著一枚雨滴狀的汙點。

看起來就像……一個香爐旁放著兩根蠟燭？

念頭一閃，江晨雪茅塞頓開，一時忘了向王桂仁解釋，便越過封鎖線進到林昀婷的房間。

「老師，有什麼新發現嗎？」

王桂仁緊跟在他後頭，直到他在床鋪前停住腳步。

林昀婷是在床上受到襲擊的。

初步目測位置，應該不會有錯。

「王警官，請問我能搬動這張床嗎？我需要看看床靠著的這面牆。」

「可以，之後按著記號恢復原位就好。我和您一起吧。」

由於房間極為狹窄，單人床無法完全挪開，只能讓出一條足以看清牆面的縫隙。如他所料，牆面上，與對面那片汙漬相對的位置，有另一片一模一樣的污漬。

房東種種自相矛盾的行徑終於有了解釋，同時，江晨雪也總算想明白，為何房東會無視屋子成為凶宅的可能性，對林昀婷的死活漠不關心了——這棟透天厝，是要死過人才會旺的。

「神位」始終存在，那香爐和蠟燭，本來就屬於這裡。

雖說安神位通常有許多講究，例如不能靠著臥房、不能設在門邊或走道邊、需安於當年大利之位並保持清潔……目前的地點幾乎把能犯的禁忌都犯了，但他知道有一種極為特殊的情況，正是必須在煞氣最重的地方安神位。

看來羅警官說得沒錯，小王警官確實是個福星。

「咦？這是？」王桂仁這時才湊到縫隙旁，見了那片污漬，也立即發現其中有蹊蹺。

「王警官，你先用公用攝影機採證這兩個地方，等一下還得請你陪我去澄光宮一趟。」

王桂仁感覺到突破膠著的希望曙光，立即使命感滿滿地直起腰桿，「好的！那我先跟老大說一聲。」

江晨雪拿出手機，自己也在雅房內與客廳雜物堆附近拍下牆面的照片，之後便和王桂仁一起前往澄光宮。

王桂仁是個奇葩，連影印機都用不好卻會開車，還開得相當不錯。

在江晨雪的領路下，兩人來到澄光宮的偏院。這塊區域主要作為倉庫和藏經閣，一般不對外開放，但江晨雪身分特殊，和警衛說明來由後立刻就被放行了。

「老師，您是來拿東西的啊？」王桂仁走在他背後，忍不住好奇地東張西望。

「拿一本手記。內容可能對案情有幫助。」江晨雪說：「那是我師父過世前唯一留給我的東西，只是我住的地方不適合藏書，就借了這裡的藏經閣收納。」

由於看過排查資料，王桂仁知道江晨雪口中的師父就是澄光宮上一任廟祝。雖然對方的神情沒什麼變化，但他還是怕觸及傷心事，不敢再多問。

江晨雪長驅直入，很快就找到手記存放的位置。書本不厚，藏青色的封面上沒有任何圖像及字句，內頁紙張雖然泛黃，卻保存得十分完整。

他將手記收進乾坤袋裡，沒有多加逗留的意思，直接領著王桂仁走出藏經閣。

「我有一陣子沒進廟了，想到前殿上個香再回去。」江晨雪一頓，想到王桂仁的真身是鬼，便提議：「不知你那邊有沒有什麼忌諱，我一個人去打聲招呼就好。」

王桂仁連忙擺手，「沒關係，我在地府有職階，和天神算是盟友，沒有忌諱的。」

「好。那就再麻煩你多陪我一下子了。」

澄光宮一向香火鼎盛，附近不愁買不到供品。江晨雪買了簡單的鮮花果物，帶王桂仁參拜了一圈，等他們收回供品準備打道回府時，天色已經暗了下來。

這時江晨雪收到羅夜傳來的訊息，對方表示正要被拖去高官飯局，讓他和王桂仁先回局裡。江晨雪看他好像很不情願的樣子，感覺還是安慰一下比較好。

【江晨雪】你這陣子也都沒好好吃飯，就當作去吃大餐？

送出訊息後，他其實對自己的說詞沒什麼把握。

他這個人太淡薄了，使用通訊軟體都是為了工作需求，和羅夜互加好友起初也是因為工作，但對方傳訊息的風格和平時說話一樣花俏，工作內容裡常常還混雜著各種恰到好處的噓寒問暖、真切的情緒和有趣的幹話，後來江晨雪也受其影響，回訊息的方式逐漸增添幾分人味。

其實不只互通訊息時，他發現自己竟然逐漸喜歡上和羅夜朝夕相處的感覺，甚至偶爾只是聽對方說一些沒營養的話題也覺得有趣。他自幼就十分習慣孤獨，也不覺得自己有與誰建立羈絆的需求，現在卻覺得有人相伴的日子比從前愉快不少。

想到這裡，江晨雪不由得生出一絲好奇，待到專業顧問的合作關係結束，與羅夜交集開始變少的時候，自己會感到寂寞嗎？

明明早已習慣孤獨，因此不會感到寂寞。

那麼心頭那點空落落的感覺又是什麼呢……？

此時的羅夜仍渾然未覺，原來自己已經闖進江晨雪心裡某塊從未被開發過，卻格外特殊的淨土，他正忙著抓住好不容易才有的空檔回傳訊息，透過與江晨雪對話來獲得心靈的救贖。

【羅夜】可惜這種場合通常吃不飽飯

【羅夜】會被灌不少酒倒是真的

江晨雪被這兩條訊息帶走了注意力。

吃不飽啊……

【江晨雪】你喜歡麻糬嗎？

羅夜秒讀訊息，立即回傳一張震驚貼圖。

【羅夜】我們家那隻嗎？口味好像有點重

【江晨雪】不，我的意思是，澄光宮附近有一個有名的麻糬攤，在我工作的地下街附近。

【江晨雪】吃不飽的話，買給你當宵夜？

這條也秒讀，但視窗下面一直出現輸入中的小動畫，久久沒有回覆。

江晨雪對通訊軟體不熟悉，所以對某隻鬼出於緊張來回刪改文字的行徑完全沒概念。

【羅夜】謝了

隨便挑你喜歡的

【羅夜】你帶回去的我都會吃

江晨雪讀著那幾行字，秀目微彎，不自覺地浮出淺淺笑意，直到收起手機才恢復平淡。

「王警官，你們隊長晚上臨時有飯局，叫我們不用等他自己先回去。」

「啊，我懂。」王桂仁身為陰間後門大戶，對這些官場上的人情世故深表理解，「沒問題的老師，我一定會不負老大託付，將您安全護送回去。」

「不過有件事得耽誤你一下……實在不好意思。」江晨雪帶著歉意說：「回程前我想繞一小段路，幫你們隊長帶個宵夜。」

「千萬別這麼說！」王桂仁眼睛一亮，身周空氣彷彿綻放出八卦的小花，「宵夜好、宵夜讚啊！老大一定會超級高興！」

雖然知道王桂仁一定「活」得比自己久，但他的氣質就像個憨厚老實的小弟弟，讓江晨雪覺得自己理應多照顧他一些。

「路上如果看到想吃的其他東西可以跟我說，我再一起買回去。」

「咦？那怎麼好意思。」王桂仁趕緊推辭，迫不急待地把話題拐回他老大身上，「老師您知道嗎？我們老大喜歡吃甜食。」

「他喜歡嗎？」江晨雪回顧這陣子的伙食，沒有看出明顯的跡象。

「因為他平常對飲食不挑，所以很難看出來。」王桂仁顯然對爆料自家老大的愛好興致高昂，「這是琦姐每次給老大零食後，偷偷統計完食的程度和速度得出的結果，方式科學、結論準確，供您參考。」

江晨雪聽完不禁覺得新鮮，心想同事們也是有心了，雖然把心思用在奇怪的地方。

不過如果是這樣的話，他應該會喜歡今晚的宵夜吧？

麻糬攤和澄光宮隔了一個十字路口，穿越地下街直接過去最快。江晨雪和王桂仁閃過一群等待紅綠燈的路人，走向通往地下街的樓梯口，幾乎在同一時間被他們前方的身影攫獲注意力——

——他們看見了焦急跑下地下街樓梯的林昀婷。

第七章　如癡如夢

江晨雪有天眼，王桂仁本就來自陰間，因此立刻就分辨出眼前的林昀婷並非從醫院跑出來的肉身，而是形體完整的鬼魂。

他們對視一眼，緊隨其後跑下階梯。

入夜之後，地下街的燈光自動亮起，將淺色的磚牆染上一層昏黃光暈。因應觀光區的需求，這裡的攤販類型五花八門，有吃食、手工藝品，還有不少作為這條街特色的算命攤位。

然而現在只見到空蕩蕩的建築物，卻不見任何攤位和其餘路人——江晨雪和王桂仁知道，他們已經進入了鬼域。

林昀婷的魂魄抱著肚子在一個空攤前停下腳步，她的神智似乎出了狀況，對周遭詭異的環境置若罔聞。江晨雪馬上就認出她停留的地方，對她行為背後的緣由已有猜測，於是一邊走近，一邊從乾坤袋拿出縛靈瓶握在手裡。

「老師別過去！這可能是陷阱。」王桂仁一把拉住江晨雪，不只手有點抖，連話音都在發顫。

「你放心，我有防備。」江晨雪輕拍他的手背，「你先想辦法聯繫局裡，別離我太近，給自己留點餘裕從旁支援。」

這時的王桂仁可能下意識把「夫人」當成如老大一般的存在，立刻就聽從江晨雪的指示鬆手，轉而拿出傳訊符。

安撫完小王警官，江晨雪獨自來到林昀婷駐足的攤前，在相隔一小段距離的地方溫聲說：「妳來了。」

「算命老師……！對不起我之前誤會你了！我家晚上真的出事……我……我不知道該怎麼辦……」林昀婷痛苦地糾結在原地，喊聲緊澀，五官扭曲得彷彿在痛哭，實際上卻榨不出一滴眼淚，「我睡覺的時候，牆壁憑空冒出黑色的東西刺我肚子，要不是我把你的符放在身上，幫我擋了一下……我、我那時害怕，身上又好痛，房間裡到處都是黑色的東西，它們一直追我，我只好跑出去……」

「嗯。妳逃出來了。」江晨雪又朝瑟瑟發抖的女孩走近了幾步，動作和嗓音都放得極為輕柔，「所以妳來找我了對嗎？妳還記得我說過會幫助妳。」

「嗚……對不起……我真的找不到別人了……」

「沒關係，不用道歉。我沒有怪妳。」江晨雪終於來到林昀婷面前，這時他已經悄無聲息地打開縛靈瓶，「沒事了。妳先跟我來，我會守約幫妳的。」

「……？」林昀婷的目光開始渙散，「跟你……？跟你……」

下一瞬，女孩直接從頭頂裂成了兩半，黑絲從猙獰的裂口中噴發而出，江晨雪默唸護身咒格下撲面而來的黑絲，並在漆黑的邪物裡撈回林昀婷飛散的三魂七魄塞進縛靈瓶裡。

「唔哇！江老師——！」

此情此景讓王桂仁把好不容易聯繫上靈務局的傳訊符扔到一邊，拔腿衝到江晨雪身旁。同一時間，江晨雪神色鎮定地往自己身上貼了幾張驅邪符，纏身的黑絲立即灰飛煙滅。

「這到底是怎麼回事？」

王桂仁一邊驚叫，一邊將作為法器的三枚地府令牌接連射出，剩餘的黑絲即刻被滅，令牌則像是被牽了無形的鋼線，在半空劃出俐落的弧形後再度回到他手中。

「說來話長，總之這裡是我的攤，剛才的陷阱恐怕是衝我來的。」江晨雪把縛靈瓶收回乾坤袋，緊接著拉出他的桃木劍，「事情還沒結束，千萬小心。」

「原來這是您的攤……那這個是攤位上原本就有的東西嗎？」

江晨雪隨著王桂仁的引導望向地面，這時他才發現有張不甚起眼的冥紙落在那邊，上面的銀箔正是透天厝牆面污漬的形狀……

短暫的驚愕讓江晨雪出現一絲破綻，逮住關鍵的瞬間，冥紙下方的地面突然張開一道裂口，粗大的觸手猛然竄出，直取他的面門——

情急之下，王桂仁推開江晨雪擋下這一擊，雖有令牌護持，衝力還是大得讓他重重撞上對面牆壁，緊接著正面朝下摔落地面。

「王警官！」

江晨雪揮劍斬斷追擊的觸手，灌注靈力的劍鋒瞬間將它們削成黑絲。他連忙趕到王桂仁身邊，發現他似乎被這一下撞暈了過去。

他即刻圍著王桂仁打出一排護身符，而新的觸手在他分心設下保護時無聲無息地從背後欺近，緊緊勒住他的咽喉。

江晨雪悶哼一聲，反手持劍刺入背後的觸手，觸手吃著劍就將他往地面的裂縫拖，他乾脆暫時鬆手，藉著強烈的拉力向後一躍，連著觸手騰空轉體半圈，幾乎將它打結才從正面抽劍，順勢將之切斷。

令人窒息的束縛頓時鬆開不少，他駕輕就熟地往脖子上貼驅邪符，即使應對還算從容，但只要讓這東西沾上身，精力就會耗損，因此交戰時間拉得越長越是不利。

於是他直接鎖定地面的裂縫，將靈力集中於劍刃，破開其餘觸手緊接而來的攻勢朝目標刺去。於此同時，裂縫中浮出一團比所有觸手都還黑的黑霧，不只迎面接下攻擊，還把他連人帶劍淹沒其中。

劍擊被沼澤似的黑霧完全吞下，江晨雪右掌心的詛咒印記像是生出一條無形的線，與黑霧緊緊相繫，更要命的是，黑霧正透過那點連繫試圖鑽進他的體內，但都被他用靈力擋了下來。

江晨雪知道戀戰無益，正想換手持劍，將無形的連繫劈開，不料卻先被一隻穿出黑霧的人手緊緊扣住手腕。

那截手的皮膚被四周的濃黑襯得格外死白，簡直像是泡過福馬林的屍體顏色，卻有著人類的溫度。

「你總是會被同樣的伎倆引入圈套。」

是夢裡出現過的低沉男音。

此刻親眼見到施咒者現身，江晨雪終於能把至今經歷的一切完整串聯——

——他不是因為重回現場而被盯上的。

原來林昀婷會在那天晚上遇襲，是被他給害了……

「這個時代流傳一句有趣的話。他們說人被騙第一次是純真，第二次是無知，第三次則是，愚蠢。」男人低低笑了起來，似乎覺得自己講了個挺有趣的笑話，「愚蠢。說的不就是你麼？」

江晨雪冷眼看著身周黑霧化成類似斗篷的形狀，除了那截屍白色的手，頭部的位置還多出下半張同樣慘白的臉。

「我只知道，有些事無論被騙幾次，都還是會義無反顧去做。」他堅定地說：「那叫做信念。」

蒼白的男人隨即哈哈大笑，「還是那個濟世救人的信念嗎？你才沒有救到任何人！你給了她那塊符，她仍舊被我殺死，而且我還因此抓住了你。大勢這次是站在我這的！」

「你只是虛張聲勢而已。她說了，我的符幫她擋了一下。」面對毫無修飾的嘲諷，江晨雪仍沉著鎮定，「你原本大可扣著她的肉身，讓她的魂魄隔天來到我的攤前，上演今天這場戲碼。但你當下被我的靈力所傷，才不小心讓她逃了出去，現在不只我，連地府也盯上你了。」

男人聽了並不氣惱，反倒發出如同品嚐絕品佳餚後的饜足嘆息。

「我就是喜歡看著你這樣，即使被逼到絕境，卻從來不肯認輸。」

黑絲觸手悄無聲息地纏上江晨雪的四肢，一股濃烈的氣味隨著話音襲上，原先不慌不忙的江晨雪神情一變，體溫和心跳都不由自主地往上飆。

是白麝的味道……這人正在近身對他釋出乾元信引！

江晨雪心道不妙。這已然是坤澤的原罪——但凡有誰想搞垮你，十之八九會先變著把戲引你發情。

他屏住呼吸，用力掙動幾下無果，身體狀況急轉直下，所幸今天出門前照慣例服用過抑制劑，而且這人的相性和他不算契合，讓他姑且能強撐住最後一道防線。

但恐怕也撐不了太久……

男人將他拉得更近一些，伸出另一隻手，充滿惡意地在他後頸敏感的腺體上摩娑。江晨雪不由得被激起陣陣戰慄，只能咬緊牙關硬是穩住氣息，不願讓對方察覺出分毫。

「我會先標記你的肉身，再擊碎你愚蠢的信念，讓你的身心完完全全臣服於我。」

彷彿知曉江晨雪向來不喜被人觸碰，男人故意慢慢加重撫觸的力道，柔聲低語時甚至將唇齒貼得極近，就像吻著江晨雪的後頸說話那般，讓每個字的細微震動都淺淺刮在肌膚上。

「江晨雪，你終究會成為我的東西。」

男人似乎自顧自地享受在這種折磨他人的漫長過程裡，江晨雪的反應越冷淡，他就越期待看到對方弦斷崩毀的模樣。

然而此舉反而給了江晨雪足夠的思考時間。

雖然身體完全受對方壓制，但這一局還不算全輸。

標記，男人剛才提到了這個詞。

生理上，標記是將乾元信引注入坤澤體內的行為，分為臨時標記和完全標記，臨時標記只要咬破坤澤後頸的腺體注入信引即可完成，時間久了會逐漸消退，也可以被其他更強勢的乾元標記覆蓋；完全標記則要在結合時進入坤澤體內深處的生殖腔成結，同時咬住頸部腺體才算數，並且終身綁定，如果要洗去標記，坤澤就必須歷經身體和精神上的雙重折磨。

至於心理層面，標記代表乾元對坤澤的佔有與控制，而且極其不平等。一個乾元可以同時標記數名坤澤，但受到標記的坤澤往後發情時只能被標記他的乾元安撫緩解，並且排斥其他乾元的信引，就連藥物的效用都會變得十分有限。

男人想要的恐怕是長期且完全的支配與折辱，而「標記」是他的第一步。

大費周章布局引人上鉤，卻在即將得手時磨蹭半天、廢話連篇……看來這個人不只極度自信，還相當注重儀式感，玩得不夠盡興是不會輕易動手的。

然而完全標記需要時間和絕對安穩的環境，所以此時進行臨時標記的機率高出許多。

當乾元對坤澤亮出獠牙時，不只會暴露出脆弱的口腔和咽喉，也必須將大部分的專注力放在注入信引上。

江晨雪心想，他對自身靈力操控自如，能將大量靈力凝聚於後頸，在男人即將咬下的剎那，零距離地予以重擊。

至於是在對方下嘴前就刺穿他的咽喉，還是自己身上先被留下討人厭的標記……就各憑實力了。

江晨雪故意放鬆身體，讓自己看似逐漸喪失防衛的力氣，男人貼著他的唇浮出笑意，終於緩緩張開了嘴。

還沒……再忍一下。還不夠近。

他繃緊神經等著關鍵的瞬間到來，但還沒等到，就被橫空飛來的凶狠鎖鏈打斷。

「混蛋！你休想——！」

暴怒的低吼響徹整條地下街，只見羅夜凌空飛躍、俯衝而下，驅使鎖鏈刺穿黑霧。他一手近乎粗暴地把江晨雪搶回懷裡，另一手揮出重拳，將對方露出的半張臉直接摜在地上。

如同繃緊的琴弦突然被從中割斷，江晨雪整個人都亂了套。

他與黑霧的連結就此鬆了，桃木劍也被震得脫手落地。羅夜單手環抱卻力量極大，江晨雪根本來不及掙開束縛出手幫忙，就看著對方把黑霧裡的白臉繼續按在地上，揍成一灘爛泥。

拳頭重擊發出黏稠的聲響，男人一時無法重新凝聚形體，卻也沒有受到更多損傷。

物理攻擊怕是治標不治本，難道要害在別的地方？江晨雪往地上看去，發現黑霧的底端依然與地縫相連，而地縫最深處正是那張鍍著可疑圖案的冥紙。

就是它了。

鎖定目標後，江晨雪掙出一隻手，自腰間的乾坤袋裡召出幾張火符和驅邪符，直直射進地縫深處。

羅夜注意到他的動作，手上落拳未停，鎖鏈卻追上他的符咒——那張冥紙被火燒盡和被鎖鏈劈成兩半，幾乎是同時發生的事。

冥紙被毀，驅邪符跟著炸出一片刺眼的光亮，剩餘的黑絲觸手連帶毀盡，男人的形體趁亂流回地縫裡，羅夜試圖揪住他，手裡黏稠的殘骸卻化成普通黑絲，不久便消散在空氣中。

危機暫時解除，羅夜仍緊緊抱著江晨雪，絲毫沒有鬆手的意思。他立即在四周張開自己的領域，同時對後援報了位置。

境界達到一定程度的鬼能自由出入人間與鬼域，甚至可以在鬼域裡圍出自己的領域，並決定要引誰進入。如果能力夠強，還能硬闖其他領域，就像羅夜剛才隻身衝進來救人一樣。

他身上還帶著應酬殘留的酒氣，乾元信引在狂怒之下毫無收斂，本就受到撩動的江晨雪被他困在臂彎，整個人都泡在那醉人的香氣裡。

江晨雪終究是失守了，蜜糖的氣息自他身上逸散開來。

抱著他的羅夜驀然一怔，恍惚地想，如此清冷的人，竟然是這樣香甜的味道……

罌粟與蜜相互糾纏，他們沉溺在芳醇的空氣裡，呼吸都變得粗重起來。

發情帶來的痛苦令江晨雪沁出一層薄汗，渙散的雙眼濕潤而迷離，兩手不自禁緊揪羅夜的衣襟。羅夜完全見不得他受苦，環緊他同時，憐惜得兩手都在發顫。

但江晨雪的毅力仍堅強得驚人，緩過最初的苦楚後，竟還擠得出力氣從乾坤袋裡翻出口服抑制劑的盒子，但雙手實在抖得太嚴重，試了幾次都無法順利拿出藥片。

羅夜直接奪過藥盒，取出藥片捏在手裡，小心翼翼餵江晨雪服下。發情讓對方看起來比平時還要唇紅齒白，指尖與唇瓣輕觸，是他從來不敢去臆想的柔軟。

雙方幾乎臉貼著臉、鼻息交纏，像是下一秒就要吻上彼此，但羅夜最終還是憑著強大的意志力主動拉開距離，只剩沾了少許津液的手指在江晨雪的唇瓣邊流連。

乾吞藥片的不適感令江晨雪嗆咳了幾聲，羅夜將他按進懷裡拍背，他沒有推拒。

他是頭一次對自己以外的對象產生這種貼近於依賴的信任感，明明自己正在發情，抱著他的還是個乾元，他卻任由自己就這麼沉溺進去。

即使知道王警官已經叫了後援，在身陷險境的當下，他仍然未曾想過有人會及時趕來救他。或許是因為他的運氣一向不好，又或許是他早已習慣凡事孤軍奮戰。

但是羅夜趕來了……

他恐怕一輩子都忘不了被羅夜搶回懷裡的那一瞬間。

原來危急時刻被誰這麼保護著，竟是如此深刻的感覺……

隨著抑制劑生效，火燒般的慾望逐漸緩和，疲憊感滲入鬆懈的四肢百骸，他覺得自己甚至能就這麼毫無防備地睡在羅夜身上。

「小王只說了一半，但我知道兇手是故意用林昀婷的魂魄引你入套。」羅夜貼在江晨雪耳邊低語，輕得像是在講給自己聽，「你明明知道有詐……你明明知道。」

「……她身邊沒有別人了。」江晨雪虛弱得只能發出氣音。

「可是你自己呢？你涉險救人的時候，有想過你自己嗎？」

半睡半醒間，江晨雪隱約對這個問句產生一股熟悉感，似乎在其他夢裡，他也反反覆覆聽過相似的問題。

他已經累得神智不清了，鼻息裡全是罌粟的香氣，模糊一片的視野亦被與他緊緊相依的身軀填滿。

他甚至沒有意識到自己脫口說出不同以往的答案——

「我身邊……不是有你嗎？」

低聲呢喃的當下，他已經闔上眼睛，因此沒能看見羅夜神色間近乎瘋狂的深情。

羅夜胸中最後一層岌岌可危的窗紙終於被這句話徹底捅破，露出裡頭埋藏已久的炙熱真心。

千年光陰過去，如今時移世易，終於不再只能看著你孑然一身地來，又孑然一身地離去……

他當年其實已經受到超渡，有了重入輪迴的條件，但仍為了一個誓言留滯人間，卻也曾無數次想過，如果立誓的對象已經不在了，直接放下執念下落黃泉，一碗孟婆湯下肚，把什麼都忘了，是不是就不會再悲痛了？

直到這時他才幡然感悟，他至今不入輪迴、堅持留在這人世間，就是骨子裡不願死心，還想賭一把虛無縹緲的奇蹟。

是為了與江晨雪再次相遇，為了等到這一句「我身邊有你」。

「嗯，有我在。你放心。」千言萬語都包含在一句聽似輕淺的承諾中，他疼惜地撫過江晨雪的側臉，柔聲說：「你累了，先睡一下吧。」

江晨雪點點頭，依言沒再出聲回應。羅夜貪戀著把人緊擁在懷的感覺，同時被強烈的自慚感淹沒。

沒有任何藉口，一切不只是乾元被發情的坤澤信引沖昏頭。

在看見江晨雪差點被其他乾元標記的那一刻，只有他自己知道，比起全然外放的怒意，還有一股更強烈的情緒——趨近於妒恨，更準確的說法是，佔有慾。

他知道標記對坤澤來說代表著什麼。

他豈能起心動念，妄圖佔有那樣美好的人……？

——今後該怎麼辦呢？

確認江晨雪睡去後，羅夜帶著自覺見不得光的苟且心態停下輕拍對方的動作，把手放到唇邊，痛苦而虔誠地親吻方才餵藥的手指。

——我竟然對我的恩人……癡心妄想。

◆

靈務局的後援很快就趕到，王桂仁直接被帶回局裡由醫務室處理，羅夜則因稍早喝了酒不能駕駛，只能和江晨雪一起搭張瓔琦的車。

「天哪……你們兩個……」

雙方一碰頭，張瓔琦就直接受到嗅覺炸彈衝擊。

「什麼都沒發生。我忍住了。」

羅夜直接在同事面前自暴自棄，把江晨雪放進後座後正打算轉往副駕，卻被張瓔琦厲聲阻止。

「你還是去後面看好江老師吧！他好像吃過抑制劑了，但身上殘留的那個味道……嘶。」張瓔琦已經嗅到自己發出的櫻桃味，忍不住嚥了口唾沫，「害我現在就想嗑掉十串糖葫蘆。」

這算是張瓔琦流派的真情誇讚了。羅夜摸摸鼻子坐回江晨雪身邊，疲憊地說：「謝了。我先問問小王的情況。」

他撥通手機和隨行的醫療班成員確認傷情，所幸王桂仁傷得其實不重，應該再一下子就能醒來。

這次求援的管道有點迂迴，王桂仁先是用傳訊符聯繫上靈務局，靈務局又在增援路上先通知了羅夜。羅夜聚餐的地點離地下街比較近，接獲消息當下就直接扔下一眾錯愕的官員衝出餐廳，用了非人的手段趕到地下街。

「桂子求援時沒把前因後果說清楚，之後回去再問他。」

「他應該不知道全貌，還是我說吧。」

張瓔琦話才說完，江晨雪就虛弱地接口。

其實他上車不久後就醒了。被羅夜鬆開的感覺就像在寒冬中掀開溫暖的厚棉被，一時之間空虛寂寞覺得冷，自然就睡不著了。

「你就不能多休息一陣子嗎？」

羅夜轉向江晨雪，見對方又習慣性調正坐姿就直覺想扶一把，下一秒卻猛然把已經抬起的手收回身側，整個人往窗邊挪了挪，顯得格外欲蓋彌彰。

江晨雪默默看在眼裡，卻什麼也沒表示，他完全能明白那種侷促，剛才在地下街有好幾個瞬間雙方都有點意亂情迷，距離一下子拉近了許多。他對驟然發生的一切雖不怎麼排斥，但徹底冷靜下來後，也覺得還需要時間消化一下。

「抑制劑生效了，交代完再休息。」說著，他將裝有林昀婷魂魄的縛靈瓶遞給羅夜，「這是林昀婷的魂魄，再養幾天就能超渡。她原本出事當天就該喪命了，會留著一口氣，應該是因為這個。」

他沒把遞出的手收回去，反而朝羅夜攤開掌心。

「這個印記不只是詛咒獵物的記號。剛才我們在地下街遇上的那位就是兇手，我還無法判斷他的本質是什麼，但絕對不是一般的人或鬼。與他交手時，我的印記一直與他有所連繫，而且他也一直想方設法透過它上我的身。我有靈力護體，對方就算建起通道也難以入侵，但林昀婷不一樣，放點東西暫時附進去就能留一口氣，只要肉身尚存，她的魂魄就能以半生魂的形式停留人間。」說到這裡，江晨雪的神色凝重不少，「人剛死時最容易受死前的念想所困，她那時最深刻的意念就是回地下街找我幫忙，兇手利用這點把她做成陷阱，並等待適合的時機放她出來，引我上鉤。」

羅夜盯著江晨雪的手心，眉頭皺得死緊，他把縛靈瓶還給江晨雪，之後用眼神徵詢過同意，才一把捧住對方的手背。

詛咒的效果著實令他驚訝，從前他所知道的印記只用於簡易追蹤，比起實際用處，更接近恥辱的奴隸印記。沒想到現在居然進化到這種程度……

「這東西不能多留了。」

「再等等，先看還有沒有用處。林昀婷對兇手來說已經失去利用價值，這兩天應該就能真正解脫，身負詛咒的活人只剩我了。」江晨雪冷靜到不像在講切身相關的事。

以大局觀來看，他的話實在讓人難以反駁，羅夜最終只能心不甘情不願地嘟囔：「好吧。先聽你的。」

江晨雪其實覺得自己應該抽手了，卻對眼前這隻鬼生不出抵抗力，只好眼睜睜看著羅夜用拇指輕輕摩過他的掌心。

即使羅夜表面上已極力克制，卻仍藏不了每個動作間的愛惜與珍視，僅只是輕輕一觸，卻讓江晨雪一路從掌心癢進了心裡。

居然有點想就這樣一直被他牽著。

還真是越來越鬼迷心竅了……

被粉紅泡泡隔絕在駕駛座的張瓔琦極度後悔自己沒帶著一副墨鏡，這一人一鬼再繼續執手相看媚眼，她就要無語凝咽了！

案情在前，她只好義不容辭地當起電燈泡，「有件事我想不通，為什麼要把林昀婷做成陷阱？這樣整件事聽起來好像一開始就是衝著江老師來的。」

江晨雪和羅夜沉默片刻，都沒有否認。

「我也是遭遇到兇手本人才知道，對方似乎放了不少執念在我身上，但目前我蒐羅不出與他相關的記憶。」江晨雪說：「這種糾纏不清的情形不少見，累世因果本就不見得都能在當下算清，有些人就是會碰上前世的冤家前來討債。我想這次正好被我遇上了，而林昀婷的情況……確實像是被我牽連。」

作為一名執業多年的天師，即使對邪祟纏身的案例已經見怪不怪，但他對自己殃及無辜的結果仍難受不已。

「我還無法斷言她是不是全然因我而遇害，但想必是因為我給她的護身符引起兇手注意，兇手才會用如此殘忍的方法殺害她，折磨她一個多月的時間……」

羅夜原本正要放開江晨雪，聽到這裡卻不由得收攏五指，再次把人牽緊，「也許事情的原委如你所說，但兇手同時也因這些變數而形跡敗露，讓我們發現他深藏已久的罪行。最終林昀婷的魂魄還是被你所救，得以超渡。世間因果複雜難解，不盡然是你牽連她這麼簡單，你也別太自責了。」

江晨雪搖著頭，懊惱地闔上眼睛，「厄運纏身對我來說家常便飯，糾纏的冤家必然不好對付。只盼能盡快了結這段前世孽緣，別再連累他人了。」

「老師你別喪氣，運氣嘛，說不定能否極泰來啊！」張瓔琦連忙安慰，「比如說，也可能剛好碰上前世的情人來找你報恩呢？」

聞言，羅夜即刻像觸電一樣心虛地鬆手，同時用警告的眼神來回殺了他家副隊長千萬遍，然而江晨雪只當張瓔琦在開玩笑，便一笑置之。

第八章　陳年手記

把江晨雪送回會客室後，羅夜繼續值了夜班，坐鎮指揮各種危機處理，直到後半夜才在自己辦公室小睡片刻。

林昀婷的死訊隔天清晨就傳進靈務局，天才剛剛魚肚白，他就連接數通關切此案的電話，一路講到日上三竿，總算安撫主管機關、拉攏市警局伙伴，並微妙離間了民代與蔡旺喬之間的信任關係。

即使如此，隨著林昀婷死去、案發當天的真相揭露，調查也幾乎走入死局。

原先他們因江晨雪和林昀婷同樣受詛咒而推導出連續犯罪的可能性，但就目前的結果，林昀婷身上的詛咒甚至可能是因江晨雪而被種下，這個推論等同作廢。

篩選出來的失蹤案可能還有希望，但在找出更明確的證據之前，所有推測都只能是憑空妄想。

儘管知道那棟透天厝有問題，房東和房客可能還有隱情，但礙於各方壓力，若短期內沒有更決定性的發現，他們最終還是得被迫放棄這條線。

活人的事歸陽間管，地府不能直接干涉，因此才要費盡心思成立靈務局這種中間機構，按陽間的規矩處理那些陰陽界線不明的事。倘若這樁案子就這麼被放下，幕後黑手自此繼續深藏不露，他們即便想管也無從下手。

目前手裡的牌只剩昨天在透天厝拍下的幾張照片。牆面上的黑痕明顯不自然，也會引發香爐和火燭的聯想，但光憑這些仍無法直接證明蔡旺喬在說謊，倒是有機會抓住這幾個疑點再次訊問蔡旺喬，看能不能動搖他的心志，讓他多吐一點情報出來。

除此之外，就是仰賴江晨雪從澄光宮帶回來的東西，看有沒有什麼新的線索……

羅夜看了眼時間，臉色一下子又陰沉幾分。

這時候江晨雪通常都會來他辦公室，但今天遲遲沒有出現。他不禁擔心起對方的身體又出什麼狀況，於是暫時放下公務，獨自來到會客室。

會客室的門沒有完全掩上，羅夜從門縫往房裡窺看，正好見到沙發上的江晨雪身體一歪，打著嗑睡的模樣。

他手裡的書翻到一半，似乎是不小心睡著的。羅夜隔著門偷覷他沉靜的睡顏，心裡掙扎著要不要進去幫他蓋條被子，好不容易決定矜持點悄悄離開，就眼睜睜看著江晨雪猛然驚醒，帶著濃厚的倦意揉了揉眼睛，又坐直了繼續讀書。

一旦知道他在勉強自己，羅夜就決定雞婆到底了，於是禮貌性地敲敲門板走進房間，朝他綻開虛偽的燦笑。

「這位傷患，你該不會是整夜沒睡吧？」

「……我沒受傷。」江晨雪別開熬得通紅的眼睛，繼續專注於書頁上，「有些事不弄清楚，即使我躺下了也難以安眠。」

羅夜知道他還在為林昀婷的事內疚。

「我知道唯有了結掉禍源你才能安心。」羅夜坐到他身旁，伸出手臂搭在沙發椅背上，像是隔著一小段得體的距離環著他的肩膀，「不如這樣，你先和我一起把想法理一理，有任何進展，大家就一起動起來，繼續往下追。不過等一下討論完，你至少先睡個午覺養養精神，好嗎？」

江晨雪看了羅夜一眼，發覺自己拿這隻鬼越來越沒輒了。

別人都當他是極地冰山，只敢遠觀不敢褻玩，就這傢伙老是熱情洋溢地往他身邊湊，而且他居然對這反常的距離感接受得無比自然，甚至有種奇妙的錯覺，像是自己早就想和羅夜更加親近似的。

總之他是被羅夜說動了，便將手記拿給對方看。

「這是我師父的遺物。昨天在案發屋裡發現蹊蹺，這裡可能有進一步線索。」

「我知道。小王昨晚給我看過透天厝牆壁的照片，他說你是為了查這個才到澄光宮拿書的。」

「王警官？」江晨雪困惑，「他昨晚不是受傷昏過去了嗎？」

「後來醒了。小孩子第一次出比較刺激的任務，整個有點亢奮，醒來後精神一直非常好，把該交代的事都交代了。」羅夜說起自己這個奇葩助理也是滿心無奈，「不過我一早就強制放了他一天傷假，現在他已經回家休息了，你別擔心。」

「沒事就好。那我就不贅述前言了。」江晨雪把書翻到其中做了記號的一頁，並拿出手機打開自己拍的照片，「你看這頁所寫的神位：『正中置一爐，兩側燃燭，不安主神不放供品，設於陰煞之地。』香爐和蠟燭我們已經看到了，我認為牆上的圖案是神位的象徵，林昀婷的房間正好是整層樓最陰的地方，它是刻意被安在那裡的。從地下街那張冥紙的用途看來，圖案可能還同時包含通道的功能，林昀婷房裡的圖案剛好被床遮住，與她受襲的地點也吻合。」

「我不太懂風水，不過這拜的肯定不是正神吧？」羅夜伸手將照片拉大了點。

「是邪教獻祭。」江晨雪說：「邪教的主神沒有固定名字，不安主神是教規。不放供品則是因為，這個神位祭的是活人。活祭週期是四年一大祭，大祭間還會有數量不等的小祭，能用新死的屍體替代。我想，除了吞噬祭品的血肉與魂魄，那主神恐怕連附近的魑魅魍魎都不放過，因此屋裡才會如此乾淨。」

活人獻祭……

羅夜接過手記，快速瀏覽了起來，「整本都是寫同一個邪教的事嗎？」

「我想是的。雖然裡面沒有明說，只是客觀記錄各種零碎案例，有比較古老的，也有近代的。剛拿到時我看過幾次，記住不少內容，但沒有進一步想法。直到昨夜再次整理，才發覺案件多少有點關係性，而且背後都有相似的宗教系統支持。」江晨雪解釋：「教徒相信，只要按時獻上祭品，主神就會保佑他們心想事成，這類宗教沒什麼信念感，通常靠教徒的慾望驅動發展，可是人性的貪婪一旦獲得滿足，便容易越發貪得無饜，變得毫無底線。如果佐以非人力量的威逼恐嚇，倒也不失為一種控制教徒的手段。」

「感覺你師父已經追了這個邪教很久。你以前知道這件事嗎？」

聽聞這個問題，江晨雪的神色黯淡下來，「我是拿到這本手記後才知道的。我和我師父其實並不親近。」

「抱歉，我不是有意……」

「沒關係。也不是什麼難以啟齒的事。」江晨雪淺淺嘆息，帶著點遺憾，但也就是一點，「只是師父總說我是帶天命的人，身上有任務，一生遭遇的磨難都是歷劫，若他相助太多反而會害了我，因此始終和我保持距離。他臨終前曾對我說，這本手記是他能助我的最後一件事。他還是對我很好的，我一直很感激他。」

羅夜對先知高人的處世原則不予置評，只知道如果他能早點遇上江晨雪，管它什麼歷不歷劫，一定會把孩子捧在掌心裡疼，立志把江晨雪寵成世界上最幸福的小孩……

「咳、我們繼續講邪教吧。」再想下去就有點過頭了，他連忙屏除雜念，主動把話題轉回去，「這個想法很有機會成立。林昀婷的臥房是『神位』，而她是『祭品』，那麼兇手很可能就是『主神』。這主神坐擁邪教，靠活祭源源不絕補充修為，多半已經成魔。慾念與惡業皆可滋養魔性，大概也都被吃光了，難怪案發當天我也是連半點煞氣也感覺不到。」

「邪魔當誅，但人的罪行同樣是惡源。」江晨雪的思緒轉得很快，腦海裡立刻浮出某種可能性，「你覺得，如果這棟房子裡有個祭活人的邪教神位，房東和其他房客會知情多少？」

羅夜心照不宣地揚起唇角。

「房東對屋裡神位的解釋顯然有必要再驗證一次。至於那幾個房客，我只知道他們當晚的不在場證明都非常完美，而且供詞也毫無矛盾，找不到一點錯處。」食指一下下敲打著沙發扶手，他若有所思地問：「再確認一件事，祭品有什麼特殊條件嗎？」

「主神是乾元男性，如果是為提升修為而獻祭，通常會找與他互補的個體採陰補陽。」江晨雪答：「雖然林昀婷和那兩例失蹤案的社會背景相似，但應該是教徒基於擺脫調查所做的選擇。這類活祭品通常比較注重肉身和魂魄的屬性，跟命數沒什麼關係。」

「中庸女、坤澤男、坤澤女。」羅夜喃喃說著幾個可能案例的性別，笑容漸開，「好，真的有點意思。」

案情在山窮水盡之際突然柳暗花明，他喜不自勝，一時忘情拿出平時對待局裡兄弟的習慣，用力摟了摟江晨雪的肩膀。

江晨雪：「……?!」

如今只是被他不經意地觸碰兩下，整個滋味竟然都不同了……

「太好了！書借我一下，我等一下要開會，正好和他們講剛才的發現。」

羅夜振奮到忘我，不僅沒意識到自己突然大膽起來的肢體接觸，還絲毫沒察覺江晨雪變得僵硬的坐姿。

「你先午睡，今天的會議不用來沒關係。我開完會再來找你。」

◆

新方向一出，調查行動猶如即將乾涸的河川迎來甘霖，羅夜完全改變計劃，打算高調撤除封鎖線和監視警力——然而只是表面而已，實際上靈務局出動了以麻糬為首的妖精臨時小隊，各部門原身是鳥、貓、狗、蟲這些社區裡常見或易於藏匿行蹤的妖精成員幾乎都被徵召，預計混在透天厝四周進行監視。

其實對象都是天眼未開的凡人，若叫真身是鬼魂的同仁近身跟著更有效果，但凡人被鬼跟久了總會有損傷，地府初設靈務局之時就明文禁止這類偵查行為。

在長久而縝密的犯罪鏈裡，林昀婷的案子絕對是個變數，而且使罪行有曝光的危機。如果真如他們所想，透天厝裡的邪教獻祭其實存在共犯結構，那這個變數十分可能讓犯罪者內部產生分歧，警力嚴守的時候所有人都不敢輕舉妄動，然而一旦鬆懈，誰先沉不住氣誰就輸了。

「我們還是先放幾天再撤，早上才談完一輪，突然改變心意容易讓人起疑。這幾天林昀婷剛走，正好在撤離之前加重守衛力道，讓他們累積一點壓力。」

羅夜的滿腹心機隨一抹邪笑收斂進深邃的五官裡，此時靈務局士氣大振，他坐鎮主位發號施令的身姿竟有幾分鬼王級別的氣勢。

「然後公關室酌情放點風聲，大意是最近注意到可疑的團體在天大附近活動，要大家注意安全。但不要過度煽動造成民眾恐慌，你們應該比我更知道要怎麼做。」

「不怕打草驚蛇嗎？」公關主任問。

「我想給他們製造一點可能被拆穿的急迫感，刺激他們做出應變。」

「好，細節我想想。」公關主任垂眸思索，「放心，我會把握分寸，不會讓林同學死後還不得安寧。」

羅夜贊同地點點頭，「嗯，這部分就交給你們了。然後琦琦，這幾天排班暗中緊盯房東的動向，他筆錄裡的瑕疵我們先晾著，看看他會不會沉不住氣，先有什麼可疑的舉動。」

「好，我知道了。」

張瓔琦領命，前置部署大致完成，會議也在不久後順利結束。羅夜依約帶著手記回到會客室，卻沒有如期看到安睡的江晨雪。

江晨雪依舊端坐在沙發上滑手機，神態極為坦蕩，顯然不覺得自己這時應該要好好躺著，甚至在羅夜開口前就先發制人，「你們先前比對的舊案資料是不是都從警察內部的系統裡調？」

「……對。」

羅夜雙手抱胸，覺得自己恐怕要往戀愛腦雙標仔的路上一去不復返了。這要是他家隊員早就唸一頓拎起來丟床上休息了，但面對江晨雪……他就是擠不出一點脾氣來。

江晨雪完全沒留意羅夜糾結的表情，因為他自己的心情也有點複雜。

「三年內？」

「對。」羅夜終於隱約察覺出不對勁，「怎麼了嗎？」

「唉，好吧。真的是陰錯陽差，沒辦法怪你們。」江晨雪遞上手機，「這個案子是四年前。」

那是一篇發在社群網站上的尋人啟事，發文者的網名叫「冰麒麟」，四年前就讀天譚大學二年級，尋的人則是同班同學。失蹤者何曉星是坤澤女性，失蹤地點在家附近，而她當年竟然就住在蔡旺喬的透天厝裡！

「我從之前的對話裡得到靈感，在網路上試了好幾組關鍵字搜尋。」江晨雪解釋，「沒有特別限定時間，所以符合度越高排序就會在越前面。」

羅夜完全沒想過盲點可能來自於查詢的方法本身，一邊為自己的疏忽懊惱，一邊又為這個關鍵發現欣喜若狂。

「……老師，我在想之後要花多少錢才能聘你繼續當我的顧問？」可能是腦袋太過打結的關係，他開口便是一本正經地講起渾話，「如果錢不夠，可不可以用我自己來換？從身到心一點不留，全都給你。」

後面那句七分玩笑三分真心，他的故作懇求竟不小心洩露出一點真誠的意思。

江晨雪有一瞬間居然萌生出「好像還不錯」的念頭，但下一瞬就覺得這個想法實在荒唐。

「再說吧。你快去處理。」

江晨雪將那篇尋人啟事轉貼給他，終於離開沙發走向房間角落的臨時床鋪。走沒幾步，他回眸瞅了羅夜一眼，精緻的側臉勾勒出淺淺笑弧。

「我現在要午睡了。」

◆

合租的家庭式公寓客廳裡，羅夜和江晨雪並肩坐在一張米白色的長沙發上，一名年輕女子倒了兩杯開水給他們，然後坐回一旁的單人絨布椅。

「你們想問什麼儘管問吧。我會盡力的。」即使事前已經做好心理準備，但真正面對警察時，年輕女子還是有些緊張。

得知何曉星案的當天，羅夜立即調出當年的報案資料，報案人的名字叫韓祈凜，中庸女性，與何曉星的關係是同學，應該就是「冰麒麟」本人。

筆錄上記錄她們不只同班，在必修課期末的兩人專題還是同組組員。做專題那陣子她們走得很近，幾乎天天都會聯絡溝通進度，直到接近期末報告的某天，韓祈凜發現何曉星整天未讀訊息，嘗試其他聯絡管道無果，又親自找去她的住處，發現人徹底失蹤後報警處理。

相隔四年的舊案重啟調查，關係人的態度至關重要，所幸韓祈凜的配合意願算高，羅夜於是約了她當面問話。

「妳最後一次見到何曉星時，她有其他不尋常的行為舉止嗎？」羅夜率先提問。

「跟平常沒什麼兩樣。那天晚上十二點左右我們還在討論專題，後來我先下線了，她接近一點時還傳了一些調整建議給我，那是她最後留下的痕跡。」韓祈凜說：「這件事我當年報案時說了好幾次，所以還記得很清楚。」

韓祈凜所言的確與筆錄相符，後來警方從IP位置確定何曉星是在家裡發的訊息，又核對巷口監視器，確認她最後留下的身影是在當日晚間七點走往住家方向，因而判斷失蹤地點是在家附近。

羅夜接著問：「妳發現她失蹤後，有試圖聯繫她的家人嗎？」

「我有請系上幫忙。可是她家的情況比較……特殊。」韓祈凜不禁露出憐憫的表情，「她曾經跟我說過不少家裡的事，自小喪父，媽媽又好賭，時常自己去躲債都不管她，親戚也不想跟她扯上太多關係。我們是直到聯絡她媽媽時才發現她入學時填的聯絡人電話已經不通了，那時真是……唉。」

羅夜和江晨雪不約而同沉思了片刻。

何曉星和林昀婷的背景太相似了，聽起來完全是在同一個思路下被挑選出來，住進同一間房，並成為活祭品……

「妳曾經去過她住的地方嗎？」這次發問的人是江晨雪。

「她搬家後我只去過一次。我家住比較遠，需要搭公車回去。有次我們討論太久，不小心在學校待到錯過末班車，就在她那邊借宿了一晚。」

江晨雪拿出手機，選了張有拍到房內景象的照片，「是這間嗎？」

「好像是吧，過好幾年了，我也記不太清楚。總之是最小的那間，沒有窗戶。」韓祈凜見了照片裡陰暗狹窄的雅房，又想起一些往事，「我覺得那邊環境不好，而且她一個坤澤女生自己在外面住比較危險，所以不只一次勸過她下學期再抽抽看學校宿舍。」

「她搬家之前是住學校宿舍？」羅夜問。

「對，她一年級住校，後來是跟她打工同一班次的外系朋友知道她家境不好，才跟她介紹那裡。她從前和那個朋友一起值完晚班後，偶爾會陪朋友回家，聽說是曾經借宿過幾次，覺得沒那麼糟，而且租金比學校便宜很多，這樣她還能存一點錢。她當時還很高興，說朋友就在隔壁間，兩個都是坤澤女生，有個伴也比較安心。」

「何曉星當年在哪裡打工？」

「主要在學校餐廳。她偶爾還會去其他地方打零工，但我不清楚細節。」

隔壁房的坤澤女生，在校內打工時認識，並介紹租屋處……

方可安？

方可安已經在透天厝住了將近六年，與何曉星入住前後的時間的確對得上。

江晨雪也想到同一個人，內心已經有了點盤算，「聽起來那位外系朋友和何同學的關係很好。當初她在家附近失蹤，妳應該也有去找那位朋友幫忙吧？」

「有。報警那天我沒碰上她，過幾天我去找過她一次，她得知曉星失蹤後好像很驚訝，說那幾天剛好都回外縣市老家，完全不知道曉星沒有回來。」韓祈凜說到這裡，神色突然變得有點微妙，「她應該是很擔心曉星，聽到我請她協助調查後情緒突然崩潰，一直問我曉星失蹤前後的事情，報案、連絡親屬的細節什麼的，還急得哭出來。我當時有點怕，只是請她有消息就聯絡警方，之後就不太敢再去找她了。警官，曉星她……真的找不回來了嗎？我有時還是忍不住想，如果我當時堅持久一點，會不會結果就不一樣了？」

羅夜遺憾地答道：「何同學的事，警方只能盡力而為。」接著他話鋒一轉，正色說：「不過因為妳的配合，讓我們有機會給何同學一個交代。」

「當時連她的親人都不見蹤影，妳卻獨自用了很多方式尋找她。妳也有自己的生活，需要照顧自己，作為她的同學、朋友，妳已經盡力了。」江晨雪緊接其後安慰她。

除了擅長超渡亡魂，江晨雪也善於安撫人心，平時的算命工作讓他遇過許多對命運感到悲憤或迷惘的人，他總能找到那些人最需要被同理的痛點，並真誠而溫柔地幫助他們。

韓祈凜淚如雨下，內心壅塞已久的壓力終於找到出口。

抓住江晨雪安撫韓祈凜的空檔，羅夜緊急聯絡上張瓔琦，確認今天她身上沒排別的監視任務，便先讓她去盯著方可安。

過一陣子，待韓祈凜的情緒穩定下來，羅夜和江晨雪才告辭離開。

一回車上，羅夜立刻聯繫局裡同仁，讓他們去查證方可安大學時期的打工情況，交代完了才轉向副駕上用著手機的江晨雪。

「老師，再跟你借一下那本手記……」

「我正在將邪教體系整理成易懂的版本，之後會附上透天厝牆面的照片及何曉星、林昀婷兩案的比對，如果你看過沒問題，就可以拿去申請舊案重啟和爭取延長調查。」

江晨雪動口時打字的手指也沒停過，直到發覺羅夜久久沒有吭聲，才狐疑地往駕駛座瞟了一眼。

「你借手記難道不是因為這個？」

「……」

默契所帶來的悸動太過迷人，羅夜一時不知該如何回應。

在刑偵隊統領慣了，同仁對他一個口令一個動作是常態，雖然正副隊長也一直默契十足，但他們之間仍然偏向領導與輔佐，與江晨雪給他的感覺截然不同。

電光石火間的心有靈犀甚至讓他產生一種錯覺，就像碰上可以彼此信任、依賴，合作無間的摯交伙伴一樣……這樣想會不會貪心過頭了？

可惜江晨雪完全無法參透羅夜的心思，第一時間只覺得自己應該是哪裡想錯了。

「怎麼了？是有哪裡不妥嗎？」

「沒，就是覺得你太好了。」羅夜笑彎眉眼，不由得語帶留戀，「怎麼辦？我越來越想留住你了。」

江晨雪聞言鬆了口氣，同時有點哭笑不得，「你太誇大了。這只不過是顧問該做的事。」

羅夜低低笑著，就這麼點到為止。對待江晨雪，他一向不敢太過冒進。

車內就此靜了下來，羅夜開著車，江晨雪繼續打他的報告，沒有刻意找話聊也毫不尷尬，就是單純享受彼此相伴的感覺。他們朝夕共處的時間裡有許多類似這樣的零碎片段，此刻江晨雪突然回味起羅夜剛才說的話，心想如果就這麼一直留在他身邊，其實也滿好的。

一切寧靜被車內突然響起的無線電打破，是張瓔琦傳來通報。

『我剛才到方可安住處時看見她正好準備出門，跟了一小段路，應該是要回透天厝。麻糬正好守在透天厝隔壁棟的陽台附近，等一下讓他跟進去嗎？』

「現場只有妳和麻糬嗎？」羅夜又往前開了一小段路，才終於找到一個可以臨時停車的地方。

『對。』

「那先不要跟進去，移到離屋子最近的地方待命就好。現在屋子的狀況如何？」

『挺熱鬧的。前幾天的報告有說，那棟房子本身的凶氣越來越明顯，近日聚過來的東西也跟著變多，只是翁平看不到而已。所幸這次的嫌疑人都沒有陰陽眼，等一下方可安過去，應該不會被那些東西嚇跑。』

「小鬼們都回來了？好啊。看來主神不在。」羅夜心裡已經打定主意，於是匆匆對張瓔琦說：「我先交代完手邊的事情，之後馬上就到。」

結束對話後，他立即轉向江晨雪，「抱歉，現在沒時間解釋太多。得先託你幫忙在這裡看著我的皮囊了。」話音剛落，他靠上椅背闔上了眼睛，就像電視劇或電影裡演的瀕死之人一樣，腦袋一歪身子一鬆，就地「過身」了。

江晨雪大吃一驚，連忙轉身看向後座，只見一名面帶微笑的鬼魂青年盤著大長腿，坐空氣椅似的飄浮在半空中，礙於車內空間有限，坐姿還得彎著腰，腦袋才不至於穿出車頂。

那鬼魂的臉蛋和身形都和羅夜別無二致，但頭髮變長到了腰部，身上還穿著一襲漆黑的鬼差官服，厲鬼之身的凶煞陰氣也毫無掩飾地散發出來。

「……這是你的真身？」

「是。陰氣暫時沒有皮囊收著，還請多擔待。」

鬼很凶，煞氣很重，但江晨雪腦袋裡飄過的第一個想法居然是這隻鬼長頭髮的樣子也滿好看的……

想想還真是給天師的職業素養丟臉。

「無妨。不至於被你煞到。」江晨雪說完忽然發覺這話聽起來似乎有點歧義，不過現在不是糾結這些小地方的時候。其實他在看見羅夜現出原形的當下，就已經明白他想做什麼了，「大白天的，你想直接這樣過去？」

「憑我的修為，早已經不怕陽光了，事實上如果我想，連實體都能暫時化出來。只不過我現在出竅是為了潛進屋裡，讓那兩個人看見就沒意義了。」

其實江晨雪也知道羅夜既然能扛得住他的驅邪符，即使在正午受烈日曝曬大概也不會有什麼大礙，剛才脫口而出的問題多少有幾分關心則亂的意思。

「但只要還在白天，你就多少會受影響對吧？」江晨雪說著，順手幫羅夜把皮囊扶正了，還喬好腦袋歪斜的角度，以免醒來後要落枕三天，「我跟你去。」

「這恐怕有點……」

「當然不是我本人。放心，我改善了隱蔽性。」江晨雪從他擱置在座椅邊的乾坤袋裡拿出一隻紙蝴蝶，咬破了手指，在翅膀兩側點了兩顆血色的假眼，「自從上次用紙鶴被你發現之後，我就想有沒有更小的東西可以代替，後來發現蝴蝶也是很不錯的。」

見羅夜點頭首肯，江晨雪才吟誦出連結的咒句。

施咒終了，小巧的紙蝴蝶飛離他的手心，無聲無息地飄到了羅夜身邊，只要陰影重一點的地方就能輕易隱去它的身形。

「我現在能碰到你嗎？」江晨雪接著問。

羅夜不知道他要做什麼，卻還是化成實體坐到了後座皮椅上，乖乖湊近他。

下一秒，江晨雪直接用指尖的血在羅夜眉間寫了幾筆，隨著血字沒入體內，羅夜突然感覺自己和江晨雪之間產生了某種強烈的連繫。

「抱歉，先委屈你被我收服一陣子，等探查結束，我會立刻解除契約。」江晨雪帶著歉意解釋：「我的蝴蝶會跟在你附近，如果你在那裡遇到危險，我能馬上把你收回來。」

明明真身應該無論如何都是冰冷的，羅夜卻覺得從眉心鑽進了一股熱流，遲遲沒有退去。

其實就這麼被你用契約綁住，為你所有，反而是我心之所願。

但地府肯定不會答應讓鬼差被勢力以外的其他人收服吧……

「嗯。就這麼辦。」羅夜連忙收回亂飄的心思，將真身再度回到幽魂型態，「但你也答應我，如果發現有危險，必須立刻切斷跟蝴蝶的連繫。」

「好。我答應你。」

受羅夜的術法輔助，鬼魂和紙蝴蝶移動的速度極快，原先需要數十分鐘的路程短短幾分鐘就結束了，像是算好時機點一樣，羅夜進屋後不久，方可安就緊接著抵達了。

江晨雪操縱著紙蝴蝶藏進天花板梁柱的陰影裡，如張瓔琦所言，屋裡來自陰間的「訪客」不少，但一見到羅夜就嚇得退避三舍，讓他們所在的區域一下子清淨許多。

羅夜緊盯著方可安，然後抬起一手伸向客廳的雜物堆。等方可安關上門轉向客廳，他才將掌心輕輕一揚，以鬼火點燃仍舊放在木桌上的兩根蠟燭。

冰藍的鬼火在燭芯上跳動著，無中生有的過程完全被方可安看進眼裡，她驚叫一聲後退了幾步，後背重重地撞在大門上，卻絲毫沒有回頭開門逃走的意思。

緊接著，她面朝雜物堆跪伏在地。

「對不起、我奉獻了……我已經奉獻了、我已經奉獻了……」

她不斷朝雜物堆磕著頭，恐懼的淚水奪眶而出，口中始終喃喃重複著「我已經奉獻了」，似乎在尋求某種護佑。

從方可安的舉動已經可以看出此處存在某種信仰，羅夜沒有現在就把人嚇死的意思，於是在她拜了一陣子之後就收起鬼火，製造出祈求成功的錯覺。

方可安很快就注意到鬼火消失，她的腿還有些發軟，只能半跪半爬地回到大門邊，不敢再深入屋內一步。但她仍沒有出去的意思，而是坐在原地撥出一通電話。

「是我。我到了。」

電話另一頭的人似乎講了什麼刺激到她的話，讓她面目一下子猙獰了起來，再度潸然淚下。

「我不要！你出來！我死也不要到你那裡談！」

「你這個騙子，神位明明就在外面！你那裡能比外面安全嗎？」

接著是一陣漫長的沉默，似乎是對方花了比較長的時間出言安撫，期間方可安沒做任何回應，只有神情逐漸冷靜下來，最終深深吸了一口氣，才抹著眼淚說：「好吧。那我過去。」

掛斷電話後，她艱難地站起身，踉踉蹌蹌地走向通往地下室的樓梯。

羅夜立即跟了上去，但接近樓梯口時，突然發覺前方有異。

他伸手對著空氣輕輕抹了一把，果真被無形的阻隔擋了下來。

結界……？

羅夜觀察了一陣，初步判斷眼前的結界並不難破，但是……要現在動手嗎？

方可安剛才講電話的對象應該是翁平，如此一來，筆錄中「鄰居間互不熟識」的說詞也出現漏洞。

翁平在這間透天厝裡住得最久，若屋裡長期而持續地進行活人獻祭儀式，他在其中很可能扮演著關鍵角色。

此刻探聽他們的談話固然有價值，但破壞結界會驚動到的對象未知，選擇破或不破，勢必都得承擔一點損失或風險。

猶豫之時，江晨雪的蝴蝶從天花板上飛下來，停在羅夜伸在半空中的手上拍著翅膀。

「你覺得要嘗試突破看看嗎？」

羅夜開口問完，才想起江晨雪現在應該只能與蝴蝶共享視覺，聽不見他說話。

即使如此，江晨雪仍然能明白他的意思。蝴蝶振翅起飛，繞著他飛了幾圈，似乎也和他一起苦苦思索。

正當羅夜覺得自己差不多該有個定見的時候，蝴蝶突然急急衝向樓梯口撞上了結界，紙做的身軀隨即像是著火一般變得焦黑，接著灰飛煙滅。

「……老師！」

明明知道只要即時切斷連結，紙蝴蝶就算損毀施術者也不會有損傷，但在見到蝴蝶燒成灰的那一刻，羅夜還是揪心了一霎。

樓梯間立刻傳來急促的腳步聲。

只見翁平以極快的速度衝上一樓，方可安則惶惶不安地跟在他背後，兩人左顧右盼，確認四周沒有其他人之後，翁平才說：「防護沒事，被衝撞了一下而已。妳剛才是不是被什麼不乾淨的東西跟進來？」

「我不知道……對不起……都不要來找我……不要來找我……」

方可安面露懼色，一邊掉著眼淚一邊不斷重複著「不要來找我」。

翁平看著她，露出一個平靜而坦蕩的笑容，但在另一個惶恐不安的人面前展露出這樣的笑臉，反倒令人更加不寒而慄。

「我就說吧，只要妳奉獻了，無形的力量就會實現妳的心願，也會保護妳。」

「我認為妳還是搬回來住比較好。」

方可安用近乎憤恨的表情瞪了翁平一眼，對搬回來的建議顯然相當抗拒，最終她用力推開翁平，步履踉蹌地奔出透天厝。羅夜退至一旁，看見翁平的眼神瞬間陰沉下來，佇立在原地目送方可安離去，直到大門關上，才緩步走回自己的房間。

原來如此……羅夜暗忖。

看來翁平雖然沒開天眼，但對結界的存在還是有概念，甚至能憑藉未知的手段得知結界的情況。

藏得比預期中還深啊……

結界如果被破壞，會徹底驚動到他們，打草驚蛇向來不是好事，在沒把握挖出更多證據之前動手，反而會讓他們提前加重防備。江晨雪會先用靈力淡薄的蝴蝶撞上去，應該就是為了測試這件事。

隨著翁平回房，羅夜也撤出透天厝，和張瓔琦、麻糬交代幾個新發現後，三方都各自回到原本的崗位上。

之後羅夜與江晨雪會合，並將屋內所見所聞和他細說了一遍，此時他們都對接下來的偵查方向有了共識——必須先從方可安和另外兩個房客下手，透過他們挖掘出更多關於翁平的情報。

第九章　抽絲剝繭

重查何曉星案很快就被批准，國內有邪教團體進行犯罪活動的可能性讓中央主管機關不敢大意，靈務局對林昀婷案的調查權也連帶獲得更多保障——至少下次其他政治勢力意圖介入調查進度時，主管機關會站在他們這邊，而非跟著一起施壓。

舊案正式重啟後，韓祈凜又配合警方做了一次正式的筆錄，確立方可安與兩樁案件都有關聯，眼下已有足夠的條件再次訊問她。

其實靈務局有自己的偵訊室，但審的通常不是一般人，碰上需要偵訊一般民眾的時候，他們通常會藉各轄區警局的名義發出通知，並借用該警局的場地。

這次協助的單位仍是天譚市警局，羅夜覺得這陣子對市警伙伴們實在累積太多業障，於是審訊當天一早便發動美食攻勢送了一波溫暖。美味的供品果真奏效，當羅夜和張瓔琦帶著幾名隊員到場時，所有人都和顏悅色地接待他們——即使局裡剛帶回好幾個半夜在ＫＴＶ醉酒鬧事的學生，現場已然亂成一團。

學生們在開放式戒護區被銬成一串粽子，外面則被激動的家長們佔據，場面一度十分混亂。

「不好意思，偵訊室幫你們空下來了，但我們現在騰不出人手。」負責引路的警察努力在家長和學生發出的噪音中傳達歉意。

「別這麼說，這次是受你們協助。」羅夜客氣地擺擺手，「人手我們自己有帶夠，你們放心。」

不久就是與方可安約好的時間。這次她仍和男友柳川一起過來，行走時由柳川攙扶，小臉蒼白，水汪汪的大眼紅了一圈，看起來像剛大哭完驚魂未定的樣子。

「我真的什麼都不知道……為什麼你們要一直騷擾我？」方可安委屈地向來領路的隊員控訴，說到一半又哽咽起來。

「方小姐，我們只是想問個話，確認幾件事而已。如果真的沒事，妳很快就能出來了。」隊員早有心理準備，應對進退都十分冷靜。

方可安依舊那副受了天大委屈的模樣，和柳川難分難捨了半天才進到偵訊室。由於開放式空間已經被學生和家長塞滿，市警局只能勉強騰出一個拘留的鐵籠讓柳川休息。

為避免不必要的誤會，張瓔琦被羅夜支過來「關照陪同者」，不過她明白羅夜其實是別有用心，想藉機利用狐仙過人的魅惑力閒聊套話。

「對不起，因為空間有限，只能先讓你待這種地方。你看，籠子的門是完全打開的，四周也都有監視器，你現在很安全。」

張瓔琦綻開甜美的笑容坐到柳川身邊，對方匆忙應了一聲，頻頻往偵訊室的方向張望。

「在擔心方小姐嗎？你們感情真好。」張瓔琦表現出羨慕的模樣。

「我……我不知道。我就是怕她出什麼事……沒有她我也不能活了。」柳川恍若失神地喃喃。

唔哇！現在的年輕人……張瓔琦被肉麻到了，但不影響她繼續發揮，「放心，偵訊過程一切錄音錄影，大家走正常程序，沒有人能傷害方小姐的。」

於此同時，江晨雪和麻糬、王桂仁來到另一個戰場：劉文棋、葉謬姿夫婦的新家。

在所有嫌疑人之中，劉文棋夫婦入住透天厝的時間最短，目前也沒有其餘線索顯示兩人與案件有更深的關係，但仍有繼續試探的空間。

他們的牽扯看似最淺，卻有明顯的突破口——換屋，尤其買新房，通常代表人生一大里程碑。任何展開新生活的人，最怕的就是安穩的未來受到威脅。

人在面臨未知的未來時總是特別迷信。對於這點，時常幫看新屋風水、為人改運算命的江晨雪再了解不過。

於是靈務局在羅夜的主導下，設計了一個詐出那兩夫妻吐出更多真話的圈套，第一步便是以調查邪教的名義對他們發出登門問話通知，兩夫妻雖然表現出反感，但終究沒有拒絕警方的要求。

作為唯一看起來人模人樣的警察，王桂仁肩負門面的重任。麻糬窩在他頭上感受到戰戰兢兢的步伐，不禁懷疑，「你真的可以嗎？」

王桂仁緊繃地說：「我已經練習過很多次了！」

「不過就算你這副德性我還是看到了吉象……真是見鬼的好運氣欸不對你本來就是鬼。」

江晨雪始終與他們保持著一小段客氣的距離，聽著兩活寶親暱的互動，不禁覺得有趣。

「吉象？我這輩子從來沒碰過，想來是沾了王警官的光。」

麻糬同情地望了霉運罩頂的衰小天師一眼，決定換個話題，「老師我覺得你換上正裝真好看可惜我們隊長今天沒這個眼福啦！」

江晨雪不懂麻糬為何突然把話題扯到這上面，他今天確實穿了比平常正式的道袍，因為等一下的場合需要一點排場，免得一亮出身分就慘遭懷疑。

不過他自己並不覺得有哪裡特別好看就是了。

三人來到大門前，麻糬隨即依計畫轉移陣地來到江晨雪肩上，看著王桂仁走起路來同手同腳的傻樣，忍不住又開口嘮叨：「小王你再放輕鬆點，又不是第一次問話你看江老師可是第一次陪我們一起當神棍呢他都沒緊張！」

「其實我還是有點緊張的。」江晨雪坦誠，然而表面上一點也看不出來，「等一下我真的只需要解籤詩嗎？你們挑的這組雷雨師籤我平時不常用，如果臨時需要我出手，我不敢保證靈驗。」

「老師您放心，我準備的籤絕對很靈。」王桂仁對這件事倒是很有把握，每個字都說得中氣十足。

「之後就照我們約好的逢場作戲就行，剩下交給我吧我今天是萬能的工具鳥。」麻糬一蹦一跳來到江晨雪耳邊，悄聲說：「計劃是我們隊長想的他那麼心疼你怎麼可能讓你真的去當神棍呢。」

一人一鳥的悄悄話間，王桂仁終於按下門鈴，出來應門的是劉文棋，當他見到候在一旁的江晨雪和麻糬時臉色驟變，立即衝著王桂仁破口大罵。

「為什麼會有道士？」

面對暴怒的劉文棋，王桂仁出乎意料的冷靜，不卑不亢地說：「因為事關邪教，所以我們單位找了這位江天師當專業顧問。」

「鳥又是怎麼回事？我們家不歡迎動物！」

「靈鳥是天師卜算的工作伙伴，不會離身半步，還請諒解。」

「你們這是要通靈還是查案？我要去檢舉你們！」

「江天師是通過正式流程認定的專業顧問。」面對赤裸的威脅，王桂仁仍不做絲毫退讓，「你們要去檢舉也可以，我們拿得出合法合理的證明。」

葉謬姿聽聞丈夫的罵聲也跟著來到門口，雙手環胸站在他背後。

「太荒謬了。要查案就照正規管道來，不要藉著邪教名義搬出怪力亂神，我們不信這套。」

「就是信了，才會表現得如此抗拒。你們親身經歷過，因此知道所謂怪力亂神真實存在。」

江晨雪悅耳的嗓音劃破劍拔弩張的爭吵聲，瞬間成為全場的焦點。

兩夫妻直到這時才正眼瞧見警察背後的「顧問」。

年輕的天師身穿純白長褂道袍，乾坤袋繫於腰間，乾淨漂亮得不可思議，就算用上仙風道骨、超塵絕俗這些詞彙，也難以準確形容第一眼見到他的奇異感受。

「神棍！你胡說！」

劉文棋沉聲怒斥，但不自主亂飄的雙眼騙不了人——他已經開始心神不寧了。

江晨雪充耳不聞，只是從乾坤袋召出籤筒，展示給兩夫妻看，「你們心裡有事，天意會為你們指點迷津。」

「荒唐至極！」

啪——！

劉文棋上前一步，揮手掀翻籤筒，竹製籤片撒了滿地，其中一支籤明顯飛得特別遠。

麻糬見狀徹底傻眼，目前的發展已經完全偏離軌道了！

它其實也不知道實際上會抽到哪一支籤，因為準備籤筒的王桂仁只說上面真有神力加持，到時由麻糬抽籤，自然而然會知道該叼走哪一支。有鑒於此鬼硬梆梆的後台，親自準備的神器應該有其可信度，因此麻糬就真的打算船到橋頭自然直。

但現在這什麼情況……全撒了啊！

不過麻糬的天賦直覺也不是蓋的，立即盯住飛得最遠的那支籤，越看越感覺吉祥如意、大吉大利。

哎呀不管了！

鳥兒振翅飛出，直接叼回噴得最遠的籤片。

同一時間，王桂仁已經默默收拾起地上的狼藉，而剛才聲稱自己其實有點緊張的江天師連眉頭也沒皺一下，先是優雅從容地接過靈鳥叼回的籤，又行雲流水地取出相對應的籤詩。

八十一籤。壬甲。中平。

假君財物自當還

謀賴欺心他自奸

幸有高臺明月鏡

請來對照破機關

「看來即使你們諸多冒犯，神明依然願意給你們忠告。」江晨雪亮明籤文，「人應當守本分，追名逐利適可而止。清官明鏡高懸，若有冤情可以昭雪，但做了虧心事人神共棄，自欺欺人終究會招致禍患。」

貼合現況的籤詩讓兩夫妻無言以對，而且這籤還是劉文棋自己打出來的，沒辦法說是他們事先串通。

「此籤中平，代表未來是吉是凶，全看你們自己。」江晨雪篤定的字句強而有力地撞碎他們的心防。

兩人陷入僵持，最後是葉謬姿先拉了拉丈夫的胳膊，勸他先讓人進屋。而後劉文棋總算控制住脾氣，雙方終於能好好展開對話。

王桂仁將排練多次的案情敘述說了一遍，即便二人可能涉案，給一般民眾聽的版本仍有所保留，只具體說明邪教徒挑選被害人虐殺獻祭的可能性，並提出證據推測透天厝是作案地點。光是這樣，他們就聽得面如死灰，葉謬姿甚至克制不住恐懼，捂著臉渾身發抖。

「我們不知道，詳細是這樣……」葉謬姿吞吞吐吐地說：「我們入住的時候曾經被警告過不要多管閒事，我們都不想惹麻煩。」

劉文棋面色陰沉地附和：「就真的只是……不去想太多。」

「那天做筆錄，我們沒有說謊，就只是……有些事不敢說出來。」葉謬姿極力澄清，懇求的目光時不時投向江晨雪，彷彿已經把他當成某種天意的代表。

王桂仁點點頭，清瘦的臉龐繃得沒有一絲表情變化，這樣反而讓他多出幾分威嚴，問起話來更有底氣一些。

「警告你們的人是誰？」

「住地下室的翁先生。」劉文棋一提及翁平，嫌惡之情表露無遺，「我和太太都覺得他不是什麼好人，除非有必要，都不願意多接觸他。我說的都是真的！」

「為什麼覺得他不是好人？有什麼具體的依據嗎？」

聽夫妻二人默不吭聲，王桂仁沒給他們太多時間思考，直接下了結論：「警方只能看證據說話，你們提不出具體緣由，我就只好當作你們在為脫罪找藉口。」

王桂仁的本職好歹是地府實習判官，雖然時常少根筋，但正式「升堂」還是有點真本事的。

刻意武斷的推論果然引起兩人的焦慮，最後是劉文棋回答：「他……很常帶人回房間，有時我們晚上下班後會撞見，有男有女，那些人的意識大多不太清醒，像是喝得爛醉，或嗑了藥，我們還看過未成年的小孩子……好幾次。」

聽到這裡，江晨雪靈光一閃，偏頭與王桂仁對視一眼，後者顯然也想起失蹤案A的李同學，連忙追問：「其中有男高中生嗎？」

「可能有吧？我根本不敢多看，沒辦法跟你描述什麼。」劉文棋的口氣又急躁起來，「我們已經把知道的事都說了。」

王桂仁覺得再問下去又會激起更多抗拒，便決定暫時放下翁平，轉移目標，「那你們覺得方小姐如何呢？就是住在林同學隔壁間的那位。」

「方……小姐？」葉謬姿絞著手指，不太確定地說：「就是個普通學生吧。坤澤女生，柔柔弱弱的，一個人生活也是很辛苦。這麼說來，我想到一件事，但可能是我想太多了……」她猶疑片刻，徵詢似的看向江晨雪，見對方輕輕頷首，才鼓起勇氣說：「我經過公用走廊時偶爾會看見，那個翁先生會趁方小姐不在家時停留在她房門前，好像還碰過她的門鎖，表情陰陰的，又加上……嗯，就是我先生剛才說的原因，所以我曾暗示過方小姐要小心他。」

「方小姐怎麼說？」王桂仁聽羅夜說過日前探查透天厝的情形，因而對方可安和翁平的關係格外留心。

「沒、沒說什麼……她就是道謝，然後……也要我多加提防那位翁先生，說他不是好人，不要跟他走太近。」葉謬姿吞吞吐吐地說：「我們……真的不想跟邪教扯上關係。當初會選擇租那邊，是看中它房租少。我們想快點存錢買房，真的只是這樣而已……」

她的辯駁音量漸增，眼光卻下意識避開刑警，更不敢直視眼前神祕莫測的高人。

江晨雪穩若泰山地坐在那裡，面上仍是目空一切的神采。

「畏懼使你們掩住耳目，選擇明哲保身，但這次說出實話協助警方查案，也算功過相抵了。」

聽完天師開示，夫妻倆總算鬆了口氣，臉上浮出逃過一劫的笑意，然而下一秒，只聞江晨雪篤定道：「但你們還有事情沒說。」

劉文棋急得站起身，「都說了啊！你還要我們怎樣？」

「宗教之所以有信徒，是因為能帶給信徒安全感與歸屬感，或者能回應信眾的祈願，邪教亦然。你們也許沒有直接向神祈願，卻拿了好處，你們自己心裡有數。」

「你什麼意思？我們不是邪教徒……」

「翁先生最初提醒你們時，說的恐怕不只相安無事，而是倘若你們願意配合，住在這裡有助於你們的運勢。」

這個指控其實沒有實質的證據，只是一個推想，以及一個誅心的賭注。

但可能是江晨雪一開始神機妙算的形象已經深植人心，夫妻倆遲遲沒有開口反駁。當他見到二人啞口無言僵在原地時，就知道自己的想法得到映證。

「你們想存錢，但經濟情況不是非住那裡不可。若你們真的日日擔驚受怕，不想跟惡鄰有所牽扯，搬走會是最有效、安全的選擇。租約一年為期，但你們卻在那邊忍了三年，直到買了新房才搬走。」

「我剛剛說了，真的只是因為房租……」

「妳說的不對。」王桂仁立即出言打斷，「經調查，這裡的房租除了林同學那間特別優待以外，其他間雖然價格低廉，但並不是最低。條件相似的房子附近還有不少，也不乏更便宜的，如果你們只是追求低價，留在這間租屋不會是首選。」

事已至此，還有什麼可辯解的呢……？

劉文棋跌坐回位置上，將臉埋進汗溼的手掌裡。

「我們沒有主動去求什麼……但他說這裡有無形的力量眷顧，只要我們不惹事，住在這裡日子就能慢慢變好。」

「覺得工作變順、偏財運變好是真的……可是那些錢都是我們自己賺來的啊！憑什麼說那是不義之財？」

「如果我們知道好運可能是用人命換的……」葉謬姿哽咽道：「我們沒想過會害了別人。」真的想不到嗎？也許依言不聞不問時曾經懷疑過，只是不願意去多想而已。

江晨雪遺憾地嘆息，最後還是贈予他們一人一枚護身符。

「隨身帶著吧，能保平安。這三年所得的資產，有餘裕就拿出去多做公益行善積德。福禍無門，唯人自招。我只能幫你們到這了。」

此行收穫頗豐，果真收官大吉。劉文棋和葉謬姿充其量是知情不報，法律上無法治罪，讓他們因良心不安而供出不少資訊，已經是最好的成果了。

王桂仁如釋重負，回程的步伐輕盈得仿佛能飄上天，江晨雪和麻糬都默默覺得他事前緊張過頭，實際上戰場時明明很快就上手了。

「小王你回去前聯繫琦琦姐看他們那邊有沒有需要支援？」麻糬看這小鬼實在太飄，無奈地出言提醒。

「啊、好的，我這就打過去！」

回到車上，王桂仁立即聯絡了張瓔琦，打兩通電話沒人接，第三次一接通，彼方的噪音甚至洩出話筒之外，連江晨雪和麻糬也聽見了。

『桂子你來得正好！江老師在你旁邊嗎？』

張瓔琦旁邊似乎有人在大吼大叫，導致她必須用喊的。

「在！我開擴音。」

擴音鍵一按，電話另一端的混亂更顯著了。張瓔琦甜美的嗓音突破重圍再度傳來：『江老師！方可安的男友突然之間中邪了……』

這時突然有個慌張的聲音出言打斷：『張副隊！我們還是送他到醫院吧？』

『這個醫院不能治的！我們的醫療班在趕來的路上，你們先幫我壓好他。』張瓔琦交代完旁人，才回到通話中，『抱歉剛才我是在對市警局的同仁說話……總之大概十分鐘前他突然發狂，無論如何都要去找方可安，接著就倒在地上抽搐嘔吐，好不容易才緩過來一點點，又立刻發狂……』

「方可安人呢？他要找人一定有原因，先讓他們碰個面看看反應。」

江晨雪應答同時，王桂仁也啟程前往市警局。

『沒辦法，方可安更早之前就被送去醫院了。』張瓔琦也是一個頭兩個大，『聽說夜哥一問到何曉星的事她就開始抓狂，還用指甲抓傷自己，後來可能因為情緒激動出現發情的跡象，打完抑制劑後昏睡過去。現在夜哥也跟去了醫院，就怕方可安那邊又出什麼亂子。』

「聽起來一團糟啊。」麻糬目瞪口呆。

江晨雪想著張瓔琦的敘述陷入沉思。抽搐嘔吐是常見的中邪反應，目前最大的區分點是他突然極度渴望方可安……中邪跟方可安能有什麼關係？

腦內關於詛咒和邪術的知識起了作用，他想到一種符合現況的可能性，連忙問：「張警官，妳仔細看他的眼睛，看眼珠上方有沒有黑線？」

『我看看……喔！有黑線！在眼珠上方沒錯！』

「看來是被下降頭了。應該是情降。」江晨雪邊說邊用手勢示意王桂仁轉向，「請醫療班先緊急處理，然後帶他回局裡吧。降術比較麻煩清理，除了道術還混進南洋巫術。我們直接靈務局見。」

市警局內，張瓔琦的心總算定下來。她再度連絡醫療班進一步說明情況，眼看同事們就要到了，她打算先放鬆對柳川的壓制以免對方受傷，不料卻聽見外頭多出新的亂源。

「你們憑什麼拘禁我哥？要抓就去抓那個賤人！」

女音尖銳，隨著示威的乾元信引傳進拘留室。身心俱疲的張瓔琦實在端不出好脾氣，立刻釋出同樣殺氣騰騰的信引和一身大妖戾氣大步跨出門外。

「妳是柳川的妹妹？」

盛氣凌人的乾元少女雖然被張瓔琦的氣場完全輾壓，卻還是不服輸地狠瞪回去。

「我叫柳心，柳川的親妹妹，你們儘管查。我哥根本是被牽連的，一切都是那個賤人的錯！你們這樣亂抓人，小心我去找立委、投訴媒體弄死你們！」

「我們沒有拘禁妳哥哥，只是他剛來時外面沒有位置，所以徵得他的同意，請他在拘留室裡待一下。」

「我哥呢？我現在就要見他。」

「柳川現在身體出了點狀況，需要特殊治療。如果妳願意配合，我們可以酌情帶妳一起……」

「我不信！一定你們在搞鬼！我之後弄死你們！」

真是無理取鬧……

張瓔琦臉色一沉，瞬間逼近撒潑大罵的少女。

柳心怨毒的目光立即迎了上來，只見對面的雙瞳紅光一閃，她頓時陷入恍惚，神情間還帶著一絲詭異的迷醉。

狐仙的迷魂瞳術，一發入魂、立即見效。雖然媚術不太行，但張瓔琦對狐仙常用的其餘妖法還是頗為精熟的。

「乖。聽姐姐的話，先睡一覺。」

柳心被張瓔琦架在懷裡，一改先前囂張的態度，很快就乖乖閉上了眼睛。一切發生得太快，市警局的警察們尚在驚嚇當中，醫療班就趕到了。

張瓔琦見狀，扛起臂彎裡睡去的少女就往門口走去。

「患者在拘留室。其他人的記憶幫我處理一下。」

「好的琦姐。那這位……」

「患者家屬。我一起帶回去。」

◆

醫療班很快就控制住場面，接二連三的亂象總算告終。當他們帶著柳氏兄妹趕回靈務局時，已經接近傍晚了。

江晨雪一行人回去的時間比他們早許多，於是先和留守醫務室的成員們備好解降的環境，等人一來就立刻安排治療。

靈務局內設的醫療團隊除了要具備一般醫療的學識和技術，還要懂得解咒驅邪、消災解厄。

自古巫醫同源，醫療班正好有幾個對降術有研究的成員，加上又多了江晨雪這個得力幫手，一切處理得非常順利。

柳川度過危險時，室外已夜幕低垂。卸下正裝的江晨雪只披了一件單薄的裡衣，一走出醫務室就被守在門外辦公的張瓔琦攔住。對方塞了裝有兩個圓胖芝麻包的小袋子到他手裡，帶著倦意說：「你中午也來不及吃飯吧？抱歉我手上能充飢的只剩這個。」

「沒關係，妳也辛苦了。」

「柳川的降頭解了嗎？」

「眼下是差不多了，看他後續能不能堅持住。未來三個月，他不能動情、不能與任何人發生肉體關係，最重要的是不能去找方可安，否則很可能死灰復燃。」

江晨雪確實大半天沒吃東西了，說完咬了一小口手上的芝麻包，餡料糖下得有點重，他光嚥下這一口就覺得血糖升回正常值了，剩下的便繼續拿在手裡。

「對了，能請問柳先生出事前在做什麼嗎？我們剛才解降時都難以理解，為什麼會在那種場合發作？」

「只是在等方可安。期間我時不時會跟他說話。」

江晨雪看著眼前嬌艷欲滴的狐仙，閃現一個念頭，「妳用了媚術嗎？」

「呃……就一點點。」張瓔琦半是尷尬半是焦急地解釋：「老師我媚術一向不及格，用了頂多讓人增加好感，變得比較容易套話，不會讓人動情的。我平時私下問話都會偷偷這麼做，完全沒有要勾引人家對象的意思！」

「那麼恭喜妳，這次有及格了。他應該是對妳動了情，才會被降術懲罰。」

江晨雪的道賀十分真誠，但張瓔琦只覺欲哭無淚，她完全不想在這種時候發揮才能啊……！

「所以，我們現在能確定對柳川下降頭的人是方可安了吧？」她將話題轉回方可安身上，連帶想起手上還有一個麻煩沒有處理，忍不住頭疼，「妹妹會這麼恨她，難道是因為這個？」

「妹妹？」

「對。因為柳川出事時他妹妹剛好來市警局大吵大鬧，所以我就把人弄暈了一起帶回來，暫時被放在會客室。她似乎恨透了方可安，一直叫她賤人。」張瓔琦想到柳心滿場飆罵的模樣，不禁扶額，「她差不多該醒了……雖然記憶後續都可以處理，但眼下還是得想辦法安撫她才行。」

「方可安一直是最被難問出話的人，柳川可能是她最顯著的弱點。他們的感情可能是有哪裡出了問題，方可安才需要用情降挽回他。」江晨雪若有所思，「我覺得妹妹或許知道些什麼……」

「那我去看她時順便問話！」

大伙在查案的過程中都被方可安這顆軟釘子磨得夠嗆，張瓔琦一聽見有轉機，精神立刻為之一振，隨即氣勢洶洶地前往會客室。

第十章 坦誠相對

張瓔琦離開後，江晨雪獨自靠在醫務室門外的牆邊整理思緒。

邪教會為協助獻祭的人實現心願，因此下降頭不一定是方可安主動找人做的，也可能是邪教替她實現願望的一種方式……

思索之間，食物的香氣先來、腳步聲後到，江晨雪轉向來源，只見羅夜綻開疲憊的笑顏和他打了聲招呼，然後拿著大包小包的餐食飲品進到醫務室。

靈務局的大家長常年缺席，羅夜這個刑偵隊長儼然成為局裡「代替父職的長兄」，即便自己為一連串變故忙了大半天，歸巢時還是不忘照顧一眾嗷嗷待哺的同事們。

自己的地盤不需要客套，餓壞的妖魔鬼怪們立即開始搶孤，羅夜趁亂順走一個菜包，泥鰍似的滑出門外，如期見到了被突然熱鬧起來的場面震驚，正探頭往門內看的江晨雪。

他很喜歡江晨雪逐漸變得鮮活的各種小反應，代表江晨雪在靈務局比較能卸下戒心，不用總是端著。

羅夜正想把食物遞上去，卻先看見江晨雪手上的小芝麻包。

於是他稍稍改變策略，旁敲側擊地問：「吃過飯了嗎？」

江晨雪一僵，趕緊晃了晃手裡的袋子。

「張警官剛才給了我一點東西。」所以千萬別叫我去裡面跟他們搶。

羅夜保持微笑，心裡卻有點不是滋味。

這個琦琦……怎麼老是亂餵老師吃東西？

越強的乾元有越強的地盤性，尤其對於心上人。但羅夜愛得極度隱忍，總將那些自認見不得人的慾望和私心藏得密不透風，結果平時默默照顧江晨雪的飲食竟發展成唯一宣洩佔有慾的管道，說來實在可憐。

因此，雖然知道張瓔琦是出於好意，但他那缸千年陳醋還是翻了——某個幼稚鬼顧不得禮節，直接搶走江晨雪手上的小袋子，換上自己剛買的菜包。

「那個都冷掉了，換吃這個吧。」

羅夜醋勁上頭沒想太多，洩憤似的掐起表皮已經變得濕冷的芝麻包，一口塞進嘴裡。

「等等、那顆……」已經咬過一口了……

「嗯？」

「沒事。」江晨雪來不及阻止他，只好把話默默吞回肚裡，看著羅夜又火速吃掉了第二顆。

真的吃特別快。他果然很喜歡甜食嗎？

可是這個明明不好吃……

江晨雪心想，甜食他其實會做一點，等到之後案子了結，兩方都有閒情逸致的時候，他也許可以做點更好吃的送給羅夜。

光是這麼想像著，居然就有點高興……

「在這裡吃太克難了，回我辦公室吧。」羅夜邊說邊帶著江晨雪往回走，「順便跟我講講你們今天問話的事。還有那個被下降頭的，剛才場面太混亂，琦琦只有匆忙跟我報備過，我還沒搞清楚是怎麼回事。」

於此同時，滿面嚴肅的張瓔琦正坐在會客室的軟椅上，和方才醒轉的柳心大眼瞪小眼。似乎是迷魂瞳術的效果還在，柳心醒來後不再破口大罵，只是用一種深閨怨婦的表情怒視著張瓔琦，小臉通紅也不知是羞的還是氣的。

「柳川的身體沒事了，還在醫務室睡著。等他醒來，你們就能一起回去，但在這之前，我想問妳關於方可安的事情。」

張瓔琦外型嬌俏，乍看無法將她和霸氣聯想在一起，然而當她板起臉孔認真問話時，帶來的壓迫感甚至不輸羅夜。

「姓方的賤人。婊子、放蕩坤澤、不知檢點。」

「柳心，好好說話。妳罵得再難聽都對柳川一點幫助也沒有。」張瓔琦表現得不苟言笑，「妳是不是覺得方小姐做了什麼對不起妳哥哥的事，所以才這麼討厭她？」

「討厭她惺惺作態的樣子，裝作很愛我哥，但背地裡在自己家跟別人亂搞。」

「這是很不友善的指控啊。」張瓔琦故意尖銳地質疑她，「妳有證據嗎？」

「我聞得出來啊，幹嘛要證據？」柳心嫌惡地啐了一口，「賤人就是看我哥是個中庸，以為他聞不到信引所以瞞得住他。我之前就跟我哥說了，坤澤發情起來根本是欲求不滿的母狗，他一個中庸根本滿足不了。不懂為什麼他原本都聽我的勸跟賤人分手了，後來卻突然像中邪一樣跑回去跟她復合……而且賤人在復合之後變本加厲，幾乎天天都睡在我哥那裡，搞得像是她已經和我哥同居了一樣。」

「妳的意思是，妳在她身上聞到其他乾元的味道？大概是什麼時候的事？」

「去年寒假，我到我哥那裡借住過一陣子，姓方的賤人時不時就會跑到我們家找我哥，被我聞出來。我私下跟去她住處找她理論過，還因此發現跟她亂搞的人是誰。」說到這裡，柳心覺得自己終於在張瓔琦面前拿到一點優勢，故意挑釁地問：「妳能猜得到是誰嗎？」

張瓔琦冷著臉，看起來絲毫沒有動搖，「這對我來說沒有很重要，我要查的事情和你哥的感情問題又沒關係。」

這條線索當然重要，張瓔琦這麼說有欲擒故縱，故意釣魚的意思。而此舉顯然奏效，柳心果真沉不住氣，自己先說了出來：「就是她室友，住地下室那個。」

翁平……

隊長辦公室內，羅夜和江晨雪慣例一人辦公椅一人沙發，將目前已知的所有情報核對一遍。兩人工作上的默契極好，加上新線索指向明確，不必來回溝通就已經達成共識。

翁平在邪教獻祭裡扮演了關鍵角色，甚至可能是主責人。方可安有可能在他手下替他辦事，但回想起兩人見面那天的互動方式和葉謬姿的說法，都隱隱透露出他們即使是同夥，關係可能也不是那麼好……

「這種時候離間計可能有用，問題是方可安太難審了，今天甚至自殘把自己弄進醫院。我們大概只能等她明天醒來冷靜一點，再到醫院去找她。」

羅夜光想就頭痛，他寧可對付十個窮凶極惡的現行犯，也好過和這樣無處下手的嫌疑人周旋。

「雖然我們都覺得她情緒失控像是為了逃避偵訊，但這種事一來很難證明，二來就算證實了也無法解決問題。只能想辦法讓她卸下心防。」他話音一頓，視線停留在江晨雪手上，忍不住岔開話題，「是食物不合胃口嗎？怎麼好像吃不太下的樣子？」

手掌大的菜包不足以往一餐的量，江晨雪卻只吃了半塊，另外小半塊可憐兮兮的被他捏在手裡，早已涼透了。

「沒事，這滿好吃的。是我胃口不太好。」說完他又努力多咬了兩口。

「吃不下就別勉強。是身體不舒服嗎？」

羅夜眉頭緊蹙，正想上前關切，就立刻被急促的敲門聲打斷。

「夜哥是我！有急事報告！」

張璎琦叼著半片蔥油餅，迫不急待地衝進隊長辦公室，動作之間嘴沒有停過，不出幾秒，肉眼可見的那半片也被光速消滅。

「太好了，江老師也在！」

張璎琦邊說邊吃的功夫堪稱神技，江晨雪看她吃得津津有味，連帶被激起一點食慾，終於跟著順利啃完最後一口菜包。

「柳家兄妹現在都還好嗎？」他一直掛念張璎琦問話的情況，注意力全被她拉了過去。

「柳川不久前醒了，剛派人整理過記憶，已經護送他們回家了。」

張璎琦臉上終於有了笑容，江晨雪看她似乎要坐過來，便讓出半張沙發的位置給她。

「老師你說的沒錯，我剛才確實從柳心那裡問出一點東西……」案情進展實在讓她太高興了，邊說邊不自覺地和江晨雪拉近距離，還有越笑越甜的趨勢。

「咳。」羅夜重重咳了一聲，倏地從辦公椅站起。此舉成功激起張璎琦的求生欲，立即退回了安全距離。

「問出什麼了？」羅夜頂著和藹可親的笑容來到張璎琦身旁，手還在她正後方的椅背拍了拍。

副隊長瞬間冷汗涔涔，不知為何，總覺得夜哥此刻投來的眼神整個酸得像是在看一隻狐狸精……

撇除人身攻擊的部分，張璎琦幾乎原汁原味把柳心的說詞復述一遍，聽完之後，江晨雪先轉向羅夜，「明天我能一起去見方小姐嗎？」

「想先和她聊聊？」

「因為我不覺得她像柳小姐講得那麼可惡，卻也不覺得會像她自己表現出的那麼無辜。」江晨雪垂眸思考了片刻，「也許……她心裡很希望有人能夠救她。我只是想試試看而已。」

羅夜知道江晨雪的長處，也許比起壓迫感較大的偵訊，江晨雪的方式更有機會讓方可安願意配合。

「好。」於是他一口答應，「我們問話前先安排讓你單獨和她談話，不過會需要你配戴監聽器，讓我們及時掌握裡面的情況。」

事情就這麼定了，羅夜心繫江晨雪的身體狀況，正想把人帶去醫務室，辦公室的門又被敲響。來者正好是醫務長。

「我們是想，既然剛好布置了解降的環境，擇日不如撞日，不妨一併幫江老師解了詛咒。」

聽完醫務長的來意，江晨雪沒有掩藏遺憾，「果然很難反追蹤嗎？」

「是。追蹤是單向性的，而且兩者連結的部分也是施咒者掌控居多。我們評估過後覺得危險性大於可用性，還是盡快解掉比較好。」

「會有危險嗎？」羅夜看起來比江晨雪本人還要緊張。

「放心，我們選的是最溫和的解法。」醫務長解釋，「老師應該感覺得出來，這個詛咒的根本是血脈。由傷處入體，寄於血脈，對方能掌握你的行蹤，再伺機透過雙方連結上你的身。」

江晨雪頷首，對醫務長的判斷毫無異議。

「我們會透過施針和藥物調養的方式活絡氣血，讓詛咒不利寄存、自行耗弱，這段期間可能會因兩者拉鋸而造成比較嚴重的身體不適，但如果老師能用靈力護住臟腑，症狀其實和感冒沒什麼兩樣。」

醫務長一結束解說，就識趣地向羅夜投出一個詢問的眼神。

羅夜示意對方等等，因為他還在糾結。詛咒當然是越快解除越好，但明天才剛安排了問話，他可不想讓江晨雪撐著不舒服的身體忙碌奔波。

倒是江晨雪沒想太多，聽完只問了一個問題，「整個過程需要多久？」

「保守估計十到十五天。不過每天所需的時間不多，兩小時以內可以完成。」

「這樣豈不是還要你們撥出人手，每天幫我弄兩小時？」江晨雪顯然對這套療程的效率不太滿意，「不如我自己解，一下子就好了。」

醫務長愣了愣，顯得有些錯愕，「如果老師有更好的解法，那我們當然十分樂見。」

江晨雪沒有貶低他人的意思，連忙解釋：「並非我的解法更好，只是能快一些，讓大家都方便一點。我等一下就過去，再麻煩你們把場地借我就好。」

「老師，我有個不情之請……我能找醫療班的大家在旁邊觀摩嗎？」回過神後，醫務長興奮得兩手握拳，雙眼閃動著勤奮好學之光，「對於新技術，我們都很希望有機會能多多交流！」

江晨雪覺得對方似乎誤會了什麼，卻還是答應了。他速速盤點完解咒的需求，然後轉向羅夜。

「羅警官，我等一下布陣可能會需要一個護法，只是以防萬一守著結界，其實不需要特別做什麼。」

「你是想要讓我……？」

江晨雪點點頭，難得露出沒什麼把握的表情。

護法這種事很兩極，只要有術法基礎誰都能當，但找人時通常有個潛規則：如果讓信任的人來做，能大大增加安全性，但如果互信程度不足，在自己脆弱時讓對方守在至關重要的位置上，可能會比沒有護法的時候更加危險。

江晨雪以前從未把找護法這種事放在心上，一方面是在同行裡人緣不怎麼好，另一方面是他造詣頗高，覺得再棘手的情況也能自己扛過去。但此刻看羅夜就在旁邊，居然心直口快就直接問出來，不過是解個小小詛咒而已……也不知道對方是怎麼想的？

「你願意嗎？」

羅夜自然曉得找護法的潛規則，幸福來得太過突然，讓他原地恍神了幾秒才答：「當然。那你先帶我去看一下地方？」

「好。謝謝你。」

天知道羅夜花了多大力氣才讓自己笑起來溫和冷靜，而江晨雪渾然不覺，和醫務長、張瓔琦打過招呼，就把羅夜領了出去。

望著兩人離去的背影，醫務長用力晃了晃張副隊的手臂，簡直恨鐵不成鋼，「怎麼到現在了還『羅警官』？」

張瓔琦想了想，覺得還是得給她夜哥留點面子。

「可能是我們在旁邊，江老師害羞唄。」

◆

江晨雪施術解咒，並由羅夜親自護法，難得一見的場面不只讓醫療班亢奮不已，消息還很快傳遍整個靈務局，場邊因而多出不少圍觀群眾。

「現在是怎樣？」羅夜被同事們的八卦之魂震驚，「你們明明沒這麼閒吧？」

「這叫專業見習啊隊長。」麻糬直接佔領視野最好的寶座——羅夜的頭頂，「那可是國內屈指可數的正統天師大家都很想看他炫技嘛。」

江晨雪對群眾的熱烈支持依舊困惑，只是寵辱不驚地布完結界，提醒羅夜守住陣眼後就直接開始了。

大伙屏息以待，看著江晨雪飛速掐了個手訣，結印最後以左手食指及中指抵住右掌心的印記。黑印登時起了反應，伸出黑線纏上與之相抵的白淨手指。

江晨雪擰住探出的線頭將黑線往外拉，同時將靈力匯聚於整隻右手。原先連著血肉的黑線被粗暴地扯出，鮮血隨之從手心往外噴濺，兩截純白的袖口很快就被染紅，衣物也被冷汗浸透。

結界內瞬間染上堪比案發現場的血腥，江晨雪濺血的剎那，場外尖叫一片，羅夜當下更是直接跌坐在地。麻糬連忙飛下地化成人形，一邊替他護好結界一邊攔人。

「隊長你要是現在衝進去打斷反而更危險！你快先讓大家安靜下來千萬不要干擾到江老師！」

噪音確實令江晨雪稍微分神，讓被拉出大半的黑線有機可乘，縮了幾公分回去，但他很快又定住心神，一舉發力拉出更多，除了掌心的破口，他的整條手臂也因詛咒的頑強抵抗而多出不少細小的傷口，拉扯筋脈的劇痛讓他又出了一層冷汗，汗珠由鼻尖滴落地上，和血水融成一片。

此時羅夜的腦內已經不存在理性思考，還能聽進麻糬的勸告已是運轉極限。驚魂未定的喧鬧聲變得格外刺耳，羅夜完全控制不住自己，凌厲的陰氣攪著乾元信引猛烈席捲結界之外，以至於他就算什麼都沒說，群眾就自動安靜下來。

結界內，江晨雪絲毫不打誑語，說是「一下子」，就真的把十天療程縮成短短十分鐘——染滿血腥的黑線終於被徹底拉出體外，那黑線似乎還想垂死掙扎尋找新的宿主，但無論竄逃到何處，都被外圍的結界穩穩擋了下來。

血花濺了江晨雪滿身，他卻只是鎮定地唸出口訣，下一秒便吹出精純的三昧真火，將穢物燃燒殆盡。

纖細的身影屹立於赤紅烈焰裡，火光映照玉雕似的沉靜面龐，白衣上的血色竟也顯出幾分艷麗。結界外原先恐慌的氛圍逐漸轉為振奮，卻在看到江晨雪嘔出黑血的當下又變成驚叫一片。

「……我沒事。這是受汙染的瘀血，吐出來才好。」江晨雪解開結界，抹去嘴邊的殘血說：「不好意思，弄得有點髒。我先休息一下，之後會清理乾淨……」

傷得不算重，體力大量流失倒是真的，雙腿有些發軟，眼前也因失血而暫時模糊不清，他幾乎就要跌坐在地上了，卻在接觸到堅硬的地面前就被拉進一個馥郁而緊實的懷抱。

江晨雪完全陷落在羅夜的臂彎裡，吐納之間，那股令他耽溺的香氣奪去所有支撐的力氣，對他來說比任何敵人都還棘手……

「唉唷——立刻散場吧這裡沒我們的事了！」

維持人形的麻糬見狀，立即拉開驚鴻鳥嗓充當室內廣播，圍觀群眾頓時如鳥獸散，狼藉的空間裡轉瞬間就只剩羅夜和江晨雪。

羅夜彷彿用盡全身力氣才將江晨雪抱在懷裡，他整個人都在發抖，雙眼甚至散了焦，沉入悠遠的失神中……

那人的一襲白衣早已被鮮血浸透，細如髮絲的紅線自他的左胸向前延伸，線的另一端則繫著他萬惡的宿敵。

即使傷痕累累，那人看起來仍不顯一絲狼狽，同樣染上血跡的唇揚起輕淺笑弧，而後舉起了劍……

◆

江晨雪淪陷得猝不及防，回神的速度卻也極快——他立刻就發現羅夜的狀態不太對。

「羅警官？」

他們現在緊緊相依，即便江晨雪中氣不足也一定能被聽見，然而羅夜卻只像是一尊石像停在那裡，完全沒有回應。

此時的羅夜幾乎已經停止思考，的確聽不見江晨雪的聲音。他靠著僅存的本能感覺到懷裡的人正在掙動，深怕就此失去的恐懼讓他發瘋似的把人抱緊，緊得像是要把江晨雪嵌進自己的魂魄裡。

筋疲力竭的江晨雪禁不起如此蠻力，沒能忍住微弱的痛呼，右臂細小的傷口也被擠出新血，再次染濕衣料。

一直到這一刻，羅夜才猛然回過神來放鬆束縛，雙方總算能在比較舒服的距離下好好看著彼此。江晨雪凝視對面發紅的眼睛，發現羅夜的神智似乎尚未完全恢復清明。

心魔。

但凡修行者都深諳心魔的恐怖，尤其羅夜雖已成為地府鬼差，本質上卻還是個鬼修，鬼本就因執念而滯留人間，七情六慾、愛恨嗔癡往往更加深刻，執念過深易生心魔，走岔了受其反噬，便會陷入癲狂。

羅夜想起了什麼？他現在「看著」的人又是誰？

初相識時，江晨雪就偶爾感覺羅夜待他的方式不像對待剛認識的人，而自己對於羅夜的親近也莫名易於接受。後來隨著他們相熟，異樣感逐漸淡化，但此刻又重新冒了出來。

目前被前世冤家糾纏的經驗讓他不禁產生聯想，他至今倒是未曾思考過，自己與羅夜非比尋常的投緣可能不只源於今生的因果。

「你是不是想起很久以前的執念，才被心魔所擾？」江晨雪輕聲問：「是我前世時發生的事嗎？」

羅夜漸漸將目光收了回來，先是恍惚地點頭，又立刻用力搖頭。他的氣色和江晨雪差不多糟，捧著心口深吸了幾口氣，才真正清醒過來。

那幾口氣實在抽得撕心裂肺，江晨雪聽得心驚肉跳，忙問：「怎麼了？」

「有點痛，緩緩就好。」

「是不是心魔……」

「老師，你知道嗎？揪心到一個極致的時候，心臟真的會痛。」羅夜的手還放在胸口上，揚起一抹自嘲的笑，「皮囊的心臟在跳動時，我總覺得那終究是假的。我從來沒想過這個地方居然還能這麼痛……」

他轉而捧起江晨雪鮮血淋漓的右手，憑著自我放逐的衝動將之貼近唇邊，又用盡最後一絲理智阻止自己落下親吻，「你說得沒錯，我們前生有緣。你對我有恩，但我在你遇難身死時沒有能力救你……我一直……很懊悔。」

江晨雪就著目前的姿勢撫上羅夜的面頰，不太贊同地說：「執念生苦，陷入太深甚至可能摧毀你。更何況你後悔的那些事，我現在已經不記得了。若只因為過去的移情作用讓你生出心魔，那樣不值得。」

「不！不只是移情！」羅夜的反駁不帶一絲猶豫，「隔著結界看見你受傷的確讓我想起往事，以為你也……你也要……」想起極度難受的經歷，他的眼睛紅得像是要滴出鮮血，但呼之欲出的暴虐之氣很快就被他壓下。

他後來花了好多年，才總算弄清當年那個人是死在什麼樣的惡咒之下。

見到江晨雪選擇以損傷自己的方式拔除詛咒，彷彿千年前令他最為痛苦的情景再次上演——他最珍視的人正渾身浴血，而他卻只能在一旁眼睜睜看著一切發生。

如果解咒的時間再長一點，或許真的會將他逼瘋……

血汗交織讓交疊的兩手格外黏膩纏綿，羅夜一念之間徹底放縱了自己，把江晨雪的手挪至自己左胸。

「你在我心裡生了根，我不願說那是心魔。」羅夜話音低啞，聽起來近乎哽咽，一字一句都如千斤之重，「過去只是遠遠看著就一見傾心，現在有幸待在離你更近的地方，覺得越是認識你，越不可自拔。江晨雪，我一直把你供在心頭，前世今生，都在最乾淨、最美好的地方。在每一個偏執痛苦的時刻，只要想著你，我就不會讓自己走偏一步。」

可惜滿腔衝動持續的時間極為短暫，羅夜幾乎是把話說出口之後就立刻後悔了。

跟他說這些做什麼？

是想解釋什麼？表達什麼？還是……在期待什麼？

自從在澄光宮地下街遇險之後，那層薄如蟬翼的窗紙就此破了，非分之想不受控地冒出頭來，時時得小心翼翼藏著，卻又偷偷仗著江晨雪沒有表現出排斥，再也捨不得退回去。

這不就是得寸進尺嗎？

即使自願戴上地府的枷鎖，又有足以亂真的皮囊偽裝，自己的本質終究還是陰邪鬼物，執念纏身、為情成痴，他還能奢求什麼？是急著湊過去讓人家多遭一場情劫嗎？

羅夜別開目光，同時鬆開江晨雪的手，握緊了拳頭收在腰側，像是在用遲來的矜持試圖挽回一點什麼。

「你……能當作沒聽過剛才的話嗎？」

有氣無力地把話問出口，連他自己都覺得難堪至極。

他根本沒注意到江晨雪正破天荒地魂不守舍，被他這麼一問才連忙收回了神思。

其實江晨雪遲遲不作回應只是因為一時無措，他此生從未碰過這種事，在認識羅夜之前，他身邊連一個親近的人也沒有，更別說是親眼見證有人如此珍重地將自己放在心上……

「為什麼？我並沒有不高興……」

江晨雪兩眼含著水光，分不清是因為傷處持續傳來的痛楚，還是因為也動了真情，「只是在想，該怎麼回應你呢？我從沒想過有誰會對我……」

「不！」羅夜急忙喊了出來，顧不上禮貌直接打斷他：「不需要回應、也不用再多想！你沒有不高興就好。到此為止，這樣就夠了。」

只要允許我繼續把你放在心裡……這樣就夠了。

江晨雪後半句話卡在喉間，本來就還沒想得很清楚，被羅夜這麼一亂，他居然還真的忘了自己剛才想說什麼。

但這件事情不能就這麼算了。

「我不會當作沒聽見的。」他只好輕咳兩聲，慎重地重申。

羅夜心情複雜地看過來，視線相觸之間，江晨雪似乎從那黯淡糾結的眼神裡捕捉到一閃而逝的希冀，眼前不禁一晃……

亮極了。

第十一章 突破心防

江晨雪是個謹慎且實在的人，很少錯估自己的身體狀況，也不會莽撞做出傷敵一千自損八百的傻事，因此解咒過程雖然驚悚，但休息一個晚上真的就好轉許多——總之，他現在已經帶著監聽器和耳機安然來到方可安的單人病房。

方可安仍吊著點滴，她轉向江晨雪，一啟唇，淚水又在眼眶裡打轉，「我都受傷了，你們是要逼死我才甘心嗎？」

江晨雪絲毫沒有受她勒索，只是不帶情緒地答道：「沒有人想逼死妳。我們只是想知道當初何曉星和林昀婷是怎麼死的。」

「我真的不知道！她們出事的時候我都不在家！」

「妳說妳不知道，但說不出『與妳無關』，對嗎？」

方可安開始歇斯底里地尖叫，「我不要聽我不要聽我不要聽——」

「先前幾次偵訊，妳都是用這種方法逃過的？」江晨雪對她的叫聲充耳不聞，冷靜地挪步到病床邊，「但這次用處比較小。我也是坤澤，沒什麼顧忌。不過如果妳等一下又發情，我很可能會受妳影響跟著發情，到時候我們就來看誰比較可憐。妳覺得呢？」

方可安繼續尖叫，打算胡鬧到底的那種叫法，但就算她嚷得嗓音嘶啞，江晨雪也沒有退開半步。

「何曉星也是坤澤，當時她一定非常信任妳，因為坤澤的很多有苦難言，只有坤澤能切身理解。」

「不不不不不——」

「所以我也能理解妳。即使現在妳學會把天生的弱點轉化成保護自己的武器，但妳至今還在因為這些弱點而受傷。」

江晨雪沒有刻意增加音量，話語卻穿透了方可安的尖叫聲，鑽進她的耳裡。

「我們發現柳川被人下了降頭。妳聽過情降嗎？是一種能讓愛意耗盡的戀人回心轉意的術法。」

猛然轉彎的話題讓方可安停止吵鬧。她就像被人按下暫停鍵一般靜止不動，唯有攢緊被褥的兩手青筋跳著。

「降術是他在等妳受訊時發作的，之後柳心剛好來警局找他，所以我們前往救治時也帶上了柳心。」江晨雪說：「我們問了她一點關於妳的事……」

「那個潑婦！」方可安恨恨打斷。

這兩人果真相互仇視，不只左一聲賤人右一句潑婦，談起對方時怨毒的表情也是真的。

「你們不能相信她！她一直對我有偏見，一定說了我很多壞話！」

「她確實說妳背叛她哥哥，跟別人……」

「我沒有——！我不會背叛柳川！我那麼愛他，我怎麼可能……」方可安又迎來新的一輪崩潰，這次的程度遠高於以往，她整個人劇烈顫抖了起來，「我沒有跟那個姓翁的禽獸……不是我……」

江晨雪只說了「別人」，她卻自己罵起了翁平。

憑這句最直覺的反駁，情報量已經足夠了。

「我沒有立刻相信她。」江晨雪蹲下身，讓視線與她齊高，這樣能有效降低上對下似的壓迫感，拉近兩人的距離，「這其中可能的因素太多了。柳心不會知道妳每天要吃多少傷身的抑制劑才能看似安全的走在路上，她不會知道只要跟乾元離得近一點，妳就會感到可能受到騷擾覬覦的壓力。更別提總是有些人躍躍欲試，想著把妳弄到發情，他們就能順理成章地佔有妳，因為妳起反應了，他們能說妳是自願的。」

方可安仍瑟瑟發抖，但似乎放下一絲戒心，開始願意安靜下來聽江晨雪說話。

「這些事我全都經歷過。」江晨雪放慢語速，所有的仁慈、憐憫隨著字句涓涓流進方可安的心裡，「但我是修行人，還苦練過體術，所以當有人想欺負我時，我有辦法對付他們。可是每當我遇上這些事時總會想，如果我沒有經過特殊訓練，能怎麼辦呢？」

「方可安，如果翁平憑著乾元的蠻力硬是強迫妳，妳能怎麼辦呢？」

淚腺徹底潰堤，方可安的防衛如同被重槌敲擊的瓷偶，瞬間碎了滿床，但她這次的情緒失控不是別有目的，而是猝不及防的釋放。

為什麼要去租和乾元住同棟的雅房；發情了為什麼不吃藥；妳有反抗嗎……相似的質問已經讓她心死，不想再多提那場悲劇一個字，因為不會有人諒解她。

這是第一次，有人在知道這件事後沒有先指責她、質疑她、挑她毛病，而是先看見她的身不由己，出言關心她。

「能告訴我，翁平對妳做了什麼嗎？」

「……在我剛搬過去不久後就發生了。我那天下課回家，發情期突然來，還來不及吃藥，他就立刻就闖進我房間……後來我才知道，他跟房東私交很好，根本就有我房間的備用鑰匙，還在我房裡裝針孔，那些不堪的事情，全都被他拍下來……」方可安抽泣著說：「他說如果我之後搬走、報警或告訴其他人，就把影片散布出去……我真的有想保護自己！我加了內鎖、後來也找到針孔的位置把它破壞……但他還是會拿那天的影片威脅……要我繼續跟他……跟他……」

江晨雪不忍心逼迫她說完，「他是不是還跟妳說過，有無形的力量在你們住的地方？」

聽聞所謂「無形的力量」，方可安驚懼地揪緊被角。

「他說……他在保護我，他給我看了其他『肉』的影片，說進到這間屋子就逃不掉，像我這樣的，最適合成為『肉』……但只要我成為他的人，他就能保我。我說我有男朋友了，他說無所謂那樣更好……那個人根本就是變態！」方可安嗚咽：「可是真的有無形的力量……我害怕……」

「肉」大概是邪教特有的語彙，指的是活人祭品。

「何曉星和林昀婷也是肉嗎？是翁平支使妳引她們入住那棟房子的？」江晨雪追問。

方可安說不出口，只能抽泣著不斷搖頭。這時羅夜的聲音從耳機傳來：「能問問她願不願意讓我進去嗎？」

江晨雪想了想，覺得自己這邊似乎也到一個段落了。

「昨天問妳話的警察，還記得他嗎？」

方可安點點頭。江晨雪給了她一個鼓勵的微笑，「警方找妳搜集線索和證據，都是為了讓翁平受到制裁。妳如果因為害怕什麼都不敢說，翁平只會利用這點繼續控制妳。我們讓那位警察進來，妳和他說實話，好不好？」

一陣安撫後，羅夜總算被放進病房。他今天沒穿制服，敞開的風衣裡只有一件輕便的短T，進門時的神態遠比江晨雪預期中還自在，關上門後甚至一派輕鬆地倚上了牆。

「我就待在這，不接近你們。有些事妳一時說不出口也沒關係。玩過海龜湯嗎？聽說不少學生都喜歡玩這個遊戲，我們等一下就這麼玩，妳只需要聽我說，然後回應是或不是就好。」

「別怕，他這麼說是想讓妳放鬆點。」江晨雪穩穩打著配合，他光看羅夜的狀態就知道此鬼又要劍走偏鋒。

「不好意思，兩位剛才的對話都被我們監聽了。方小姐是重要證人，調查期間需要掌握妳的情況，以保障妳的安全。目前雖然已經有其他人證指出翁平的犯罪嫌疑，但關鍵還是在方小姐妳身上。」

安全距離讓羅夜的壓迫感不若近身訊問時那麼重，加上他今天打扮得平易近人，那副妖孽的皮相輕盈一笑時有著能迷倒眾生的英俊風流，使得先前對他如臨大敵的方可安也不禁被他吸引目光。

「如果我沒想錯，妳確實犯過錯，但負法律責任的人不會是妳。最好的情況是，翁平被捕，那些威脅到妳的影片被我們當成證據扣押，妳就能全身而退，搬離那個鬼地方，重新開始新生活。沒有疑問的話，我們就開始了。」

方可安眨著眼，殘餘的淚珠滑過頰邊，怯怯點了點頭。

「關於活人祭品，或者該說，關於『肉』的影片，受害人有未成年的坤澤少年，也有像妳這樣的年輕坤澤或中庸女生。因為條件吻合，翁平的威脅對妳才有說服力。」

見方可安點頭，羅夜接著說：「為了滿足無形的力量，翁平得定期找到合適的肉作為獻祭，他這個人冷靜且聰明，為了隱瞞自己的罪行，受害人的社會背景都會經過篩選。而幾年前，他看上了一個偶爾會借宿在妳那裡的朋友，何曉星。」

方可安的呼吸急促起來，淚水又簌簌落下。這回她不必點頭羅夜就知道自己說對了，不過接下來進入關鍵，他必須謹言慎行。

「翁平要求妳介紹何曉星住進那間房裡，如果不照做，妳就會成為下一個肉。」

方可安哇地哭出聲來。

「嗚……我也不想……可是我真的太害怕了……」

羅夜看出對方尋求諒解的表情，於是朝她頷首以表安撫，但一旁的江晨雪盯住他的眼睛，從神韻間隱微的變化中明白這只是暴風雨前的安寧。

「但是時間久了之後，妳應該也發現，翁平挑選祭品時會參考社會條件，妳雖然生理條件符合，卻並非他的首選。那時妳應該有想過要脫離他的控制，對嗎？」

方可安用力吸著鼻子，不停點頭，「我真的不想幫他……我都是被他逼的……」

「是，妳都是被他逼的。」羅夜輕聲說：「直到去年寒假，發生某件事之前。」

果不其然，下一段話便直刺她的軟肋：「柳心發現妳身上有翁平的味道，不問緣由直接認定是妳出軌，並一狀告到柳川那裡。柳川當時的想法應該和柳心一樣，因此跟妳提了分手。翁平那時候是不是告訴妳，只要妳幫助他找到下一個肉，就能向無形的力量許願，挽回這段感情？」

那天她回透天厝與翁平見面，翁平對她說過「實現心願」幾個字。

柳心告狀的時間在去年寒假，柳川不久之後與她分手，並在幾個月後複合，而林昀婷入住的時間是在同年第二學期初，其中的因果關係隱隱能從時序上看出端倪。

「啊啊啊——」

方可安泣不成聲，眼看又要陷入崩潰，江晨雪連忙握住她冰冷的手，低聲對她說：「我知道妳還保有良心。雖然妳之前有意利用情緒崩潰逃避偵訊，但那些悲傷都是真的。妳真心為何曉星和林昀婷的事感到愧疚，所以無法像翁平那樣冷靜地編織謊言欺騙警方，只能不斷逃避，但是方可安，如果妳現在又逃了，妳之後的虧欠只會更深、心裡更加後悔。」

「對不起……我真的很愛他……可是我跟他解釋了他不相信，他只聽信他妹妹的說詞……我願意做任何事，只要他能回到我身邊……對不起、對不起……」

「可是過去的錯已經無法挽回了。」江晨雪說：「妳如果還想彌補點什麼，只有現在把實情說出來，這是妳最後能為何曉星和林昀婷做的事。」

羅夜的高壓與江晨雪的懷柔搭配得天衣無縫，方可安幾乎被負罪感溺斃的內心下意識把江晨雪當成救命浮木，相信只要照著他說的做就能贖罪。

後來她陸續供出一些細節，如所謂祭品房是用於四年一度的「大祭」，而中間的「小祭」則是翁平直接帶回地下室進行。蔡旺喬會對用於大祭的「肉」優待房租，由於被選中的房客都極為窮苦，即使入住期間感覺到一點怪異，依然願意留下來。

「大祭發生前會有什麼預兆嗎？」羅夜問。方可安一愣，有一瞬間的神情像是想起什麼可怕的事，但她支支吾吾了半天，什麼也沒說出來，似乎還是有所顧忌。

「方小姐，兩次大祭妳都正好徹夜不回租屋處，完美錯過肉遇害的時間，還有完整的不在場證明。」羅夜打算施加一點壓力，於是故意加重語氣，臉色也陰沉下來，「這次翁平即使在家，也有合情合理的情境跟證據讓自己脫身。如果這都能是巧合，我想，你們還真的被那『無形的力量』好好眷顧著呢。」

方可安退無可退，下意識又轉向江晨雪尋求幫助，但這次江晨雪沒有給出她期待的安慰，反而閉上眼睛，遺憾地搖搖頭。

「即使到現在，妳還是相信自己會受到無形的力量眷顧嗎？」

「不……！不是！我、我……」眼看唯一的浮木也開始質疑自己，方可安急得再次落淚，她內心掙扎了片刻，終於顫顫巍巍地說：「是神位……」

「翁平說過，那個房間租出去後，燭火會點上，爐也會每天上香。一直到……事情發生前一天，午夜，蠟燭會自己熄掉，香爐也會自己清空。他說那是預告，是無形的力量要把肉和所有厄運一起吃光的意思。」

與一般拜拜的規矩相對應，當「祭品」被放上「神位」，燃燭燒香的時間便是神明享用祭品的時間。依何曉星和林昀婷的案例推算，這段「用餐」的期間大約長達一年，先是日日榨取精元，再於選定的日子全然吞噬血肉和魂魄。

「曉星那時候，我當天一早看見神位，就逃回老家了。但昀婷，比較奇怪……」方可安邊說邊抹著眼淚，「那天晚上，翁平打電話給我，跟我說昀婷剛回家後不久，神位就起了變化。那時我還在柳川家吃晚飯，翁平叫我不要回來……我還記得，我掛斷電話當下就嚇哭了，柳川一直安慰我，叫我別怕，還說他會保護我……」

似乎是提及柳川再度讓她的情緒潰堤，她把頭埋進被子裡痛哭了許久，直到眼淚都流乾了，才緩緩抬起頭，啞著嗓子問：「……我真的再也不能……留住柳川了嗎？」

羅夜看她也算得上是一片癡心，可惜造化弄人，對方在她遇難時並不能夠與她同甘共苦，執著太過已是一錯，她卻越做越錯，甚至不惜讓自己的雙手染上血腥，最後除了罪孽，終究什麼也留不住。

「我們已經把柳川的情降解了。方小姐，妳害了兩條人命，其中一條是為他。我能理解妳願意為了愛人萬劫不復，但罪業終究只有自己承擔。有些感情，是不能強求的。」

是啊。有些感情是不能強求的。羅夜說完，自己都覺得格外諷刺，這話簡直像是同時在說給自己聽……

方可安憔悴地癱軟在床，江晨雪整了整薄被重新為她蓋上，不由得低聲嘆息。

她在整件事裡既是受害人又是加害人，比起疾言厲色地責怪她，江晨雪更寧可她背負著罪孽改過向善。

「之後自求多福吧。對於柳川，我很遺憾。」

「……等等。」或許是被兩人最後的懷柔打動，方可安在他們離去前拉住江晨雪的衣角，虛弱地說：「警方解除監視之後，學校裡都在傳這附近有可疑人士活動，還說昀婷的案子可能跟可疑人士有關……那時我害怕我們的事被發現，回去找翁平商量過，問他要是被發現了怎麼辦……他很有把握，說就算另外兩個人坦承了什麼，我們也不會被抓到。」

江晨雪一頓，方可安雙唇發顫，像是用盡僅剩的勇氣提出警告。

「無形的力量眷顧著翁平……你們抓他的時候，一定要小心。」

◆

羅夜和江晨雪一起走出醫院，這時剛過中午，本該是陽光正烈的時候，但近期天候不穩，厚重的烏雲在他們渾然未覺時覆滿整片天空，像是隨時都會落雨。

氣溫隨著天氣轉陰而降了幾度，羅夜發現江晨雪走路時默默將雙手交叉環抱胸前，便脫下風衣披到他的肩上。

江晨雪抬起頭，對上羅夜的雙眸竟有幾分渙散。羅夜注意到他面頰泛紅，呼吸也越發吃力，馬上拉著他停下腳步。

「你好像在發燒？」

手掌撥開碎髮覆上白淨的前額，果真在發燙。羅夜立刻焦急起來，江晨雪卻只是闔上眼睛，輕緩地搖了搖頭。

那動作簡直像在輕輕蹭著羅夜的手心一樣。

羅夜恨不得立刻將人抱進懷裡，但理智終究戰勝慾望，他只是維持僵硬的動作站在原地，聽江晨雪冷靜地對他說：「還好。只是有點累，休息一下就好。」

「你還有外傷，可能是沒休息夠，傷口有點發炎。」羅夜替他圍攏禦寒的風衣，「翁平那邊我得親自指揮。等一下先讓小王載你回局裡，請醫務室幫你處理一下。」

「去忙吧。這點小事我能自己處理。」

羅夜終究不放心，直到親眼看著江晨雪上車才離開。王桂仁沿途戰戰兢兢，趕回靈務局後，本就掛心江晨雪傷勢的醫務長立刻接手，重新清理傷口上藥包紮，並讓他服下退燒藥。

「老師的狀況怎麼樣？都還好嗎？」王桂仁抱著羅夜的風衣守候一旁。

「傷口有點發炎，剛才又受了寒，現在當務之急就是什麼都別管，好好睡一覺。」醫務長苦口婆心地交代現況。除此之外，他還診出另一件至關重要的事，「老師，冒昧請問一下，你的週期是不是……」

江晨雪知道他在擔心發情期的問題。這個月的週期亂了，而且前期症候群的不適感比以往嚴重許多，可能是近期變故太多，整個月都超量服用抑制劑的關係。

不過抑制劑終究只能把日子往後推，算一算時間也差不多了，該來的總是會來。

「放心，我有準備。通常吃藥就能緩一緩。」

「藥物畢竟傷身，你現在健康狀況又不好。」醫務長聽了直搖頭，「我知道心理層面上，你可能更喜歡獨立自主照顧好自己，但從生理的角度，一直用藥去壓畢竟不是長久之計。如果身邊剛好有你信任的、值得託付安危的乾元……」

「那個、不好意思！我……我還是早點帶江老師回去休息吧！」王桂仁聽懂了醫務長的起手式，連忙慌慌張張轉移話題。即使遲鈍如他，連日在刑偵隊第一線親身體會，也明白自家隊長對江晨雪那種「捧在手心還怕碎掉」的小心翼翼。

隊員們全當江老師是朵清純聖潔的高嶺之花，紛紛猜測隊長一定是怕嚇到他才不敢躁進。總而言之，現在的王桂仁成了「護花使者」，順利攔截醫務長催婚似的積極助攻，把江晨雪帶回會客室。

江晨雪燒得迷迷糊糊，醫務長的勸詞卻正好往他的心弦撩了一下，讓糊成一團的腦海裡浮出一道清晰的身影。

身邊值得信任，讓他願意託付自己的乾元，他心裡確實有一個。

解咒那天發生的種種片段隨著這個念頭掠過腦海，他隱約感覺自己似乎找到了回應那份真心的方法……

可是現在案件將破，分秒必爭，不是分神想這種私事的時候。

「王警官，我想他們今天就會再次審問翁平，若想從他那間地下室挖出什麼，拘留他的這二十四小時會是最後的時機……」

「您別想了先休息吧！至少等燒先退。」

「這點情況不礙事，睡一下就能好。要是你們隊長派人去搜地下室前我還沒醒，再麻煩你叫醒我，讓我和你們同行。」

「唔，那裡是邪教據點，還有未知深淺的結界，有您在場確實比較安心……」王桂仁游移不決，絞盡腦汁思考了半晌，終於想出折衷方案，「不然我去醫務室多拿點醫用品和藥品讓您帶去現場，如果又不舒服就退回車上，至少有些急救的東西可以用。」

「好。謝謝你。」

「那您先休息，這件事我處理就好。」他掃過江晨雪擱在床邊的乾坤袋，順口問：「東西就放您的袋子裡可以嗎？我之前看您好像都把抑制劑放在那裡。」

江晨雪點點頭，柔聲對他說：「你把手伸出來。」

王桂仁就像一隻聽見握手指令的大型犬，不經大腦就把手遞了上去。只見江晨雪速速唸了個口訣，然後往他手裡打了一個印記。

「我這個袋子會認主，通常只有我能用。不過這枚印記等同鑰匙，有了它你就能暫時成為袋子的主人之一，過一陣子就會自己消失，不傷身的。」

「當然。我知道您不會害我。」王桂仁搓著手，傻呼呼地笑著。

於此同時，市警局偵訊室內，翁平氣定神閒地坐在羅夜對面，即使氣勢逼人的警察已經站起身，他卻只是隨意一瞟，眼睛連抬都不抬一下。

「有數名人證指出你性侵鄰居、與未成年人從事非法性交易，還涉嫌數起誘拐虐殺。我們已經請到搜索票，今天就會派人搜遍那棟房子。翁平，我們已經掌握住你的罪證，如果你願意坦白，或許還有從寬的機會。」

「人證？」翁平從鼻腔噴出輕蔑的嗤笑，「我還沒有法盲到那個地步。幾個人幾句口說無憑的指控無法治我的罪，你們儘管去搜，如果能搜出什麼實際物證，算我服了你們。」

他一副清者自清的嘴臉，卻沒有隱藏神色間得意的嘲諷，「該認清現實的是你。你們抓不住我的。」

第十二章　凶宅遇險

翁平之所以胸有成竹，是因為他完全不曉得靈務局的存在——靈務局對外始終藏在市警局的皮底下辦事，案發伊始調查他的是市警局，現在拘留他的也是市警局。

而羅夜在訊問時也刻意避開邪教的部分，為的就是利用他自以為仗著無形力量對付一般人的輕敵心態。

夜幕降臨時，以張瓔琦為首的靈務局警力已經包圍空無一人的透天厝，江晨雪也在其中，經過白天的休息，他看起來一絲破綻也不露，素白的唐裝一穿、乾坤袋一掛，便自帶驅邪鎮惡的高人氣場。

透天厝周圍的「熱鬧」程度隨著入夜又增加不少，看來邪教主神已經一陣子沒來進食，殘存下來的惡業對魑魅魍魎而言是可遇不可求的珍饈。然而它們終究顧忌地府和天師，只能潛伏在四周，尋找飽餐一頓的機會。

羅夜比同事們晚一點趕到，他在市警局與翁平對峙了整個下午，一如所料沒從這名狡詐的主謀口裡問出堪用的自白。不過翁平也因此鬆懈得不得了，顯然覺得自己最多待滿二十四小時就能安然無恙。這種自負無疑是危險的，哪怕靈務局只拿到一點證據，都能在他在毫無準備的情況下殺他個措手不及。

由於王桂仁事前報備過，羅夜在現場見到江晨雪時並不驚訝，對方的精神比他預想中好一點，但他還是來到江晨雪身邊，正色囑咐：「等一下和我一起行動，別離我太遠。」

江晨雪頷首，轉頭盯住陰森的透天厝，「先破結界？」

「走。」

地下室外的結界布得紮實，卻並不難破。礙於空間有限，羅夜下樓只帶上江晨雪和幾名隊員，張瓔琦則留守地面，指揮其他同仁全屋搜索。

翁平的房間看似一間再正常不過的小套房，地下室不通風，氣味一言難盡，數日外食的氣味久久未散，與潮濕的霉味攪成一團，裡面唯一聞起來清淨的是一股薄荷味，但濃得極具侵略性，是翁平信引的味道。看來翁平日常洩慾的次數不少，床鋪旁和電腦椅附近簡直像是被塗了十層薄荷牙膏，江晨雪接近時臉色頓時變得很難看，羅夜鐵青著臉把他拉遠，改由聞不到氣味的中庸隊員試著操作電腦。

江晨雪靠近不了信引重災區，便把調查重點放在房間內側的收藏櫃上。他總覺得房間裡還有其他古怪，其中有些東西看著不那麼真實。

收藏櫃的擺設凌亂不堪，看起來不常清理，藏品都積了一層灰。細看發覺其中包含一大部分的死物，有許多昆蟲標本、動物骨骼製成的飾品。其中混著一個體積不小的骷髏頭擺飾，頭骨的大小和嬰兒差不多。骷髏造型在飾品裡不罕見，因而容易隱沒在其他吸人眼球的怪東西裡，但江晨雪卻感受到一股邪氣縈繞其上。

骷髏旁邊還有一堆看起來也像骨骼質地的碎片，灰塵只附在表層，斷面還非常乾淨，應該是剛破不久，完全沒染上灰。

剛才屋裡被他們破壞掉的東西只有地下室外的結界。

他似乎能猜出翁平以前是從什麼地方判斷結界的情況了……

同理可證，碎片旁的骷髏更可疑了。於是他貼了一張驅邪符上去，頓時引起光明乍現，照亮整個空間，等光線重新黯淡下來，原先只放了收藏櫃的地方居然多出一道暗門，而骷髏也從中間裂成兩半。

江晨雪看了羅夜一眼，是非去一探究竟不可的表情。

羅夜本就沒想阻止他，於是用無線電對樓上的張瓔琦說：「琦琦，我們找到一扇暗門。不知道裡面會怎麼樣，之後聯絡改用傳訊符。」

『需要支援嗎？』

「暫時不用，我和江老師先去探路。但需要你們保持待命。」羅夜交代完，又對房裡的隊員說：「你們也先留在這裡繼續搜，之後一樣改用傳訊符。」

暗門之後先是一條陰暗狹窄的密道，江晨雪操縱幾個飄浮的火符跟在身邊，姑且當作照明。

隨著夜越來越深，鬼魅跟著活躍起來，羅夜和江晨雪能感覺到來自通道暗角的忌憚目光，但在對方沒有主動攻擊之前，他們都維持互不侵犯的態度。

密道的底端是一扇鏽跡斑斑的鐵門，羅夜直接用鎖鏈破壞門鎖，和江晨雪一起進入另一個看似廢墟老屋的室內空間。

眼前的景象整個開闊起來，光線也如同室內光，但這裡的配置不像單純的地下空間，而像是把不同房舍的空間加以拼貼，以錯綜複雜的階梯和走道連貫起來，形成無法脫離的迴圈。

羅夜看得眼花撩亂，不禁嘖嘖，「很像視覺系鬼打牆，但不是鬼域……」

「是迷陣，可能還混了幻術。」江晨雪從乾坤袋召出羅盤，在一片渾沌中定出了方位，「果然沒想錯……還記得我們第一次遇上鬼打牆的那間廢棄老屋嗎？」

「一二八巷那邊？」

「是。這裡應該就是那間廢屋的地底下。當時觸手第一個動作就是將我拖下地，想必是因為這裡是它們的據點之一。」江晨雪說：「我們現在被困在迷陣裡，看不出這裡真正的模樣，我想這應該就是翁平自覺十拿九穩的主因。」

「喔？那他這次完蛋了。先到處看看，總有辦法破陣的。」見過大風大浪的羅夜對迷陣並不緊張，反而更擔心江晨雪身上未癒的傷，「你如果身體不舒服一定要跟我說，現在距離翁平被捕不到半天，我們還有餘裕可以休整，千萬別勉強。」

「我沒事。先找陣眼吧。」江晨雪其實還有點頭暈，心想大概是方才被翁平嗆的，便沒放在心上。

他們在扭曲的空間裡繞了幾圈，江晨雪對著羅盤把每條路線都記下來，發現場域間錯落的方式瞬息萬變，找不出什麼規律。

比如第一次從東南角房間的階梯上去，會從北側的迴廊出來，但第二次從同個地方上去，又會繞回東南角的房裡。

迷陣裡除了他們，還困了零零散散的小鬼和一些尚未成形的陰魂，從旁觀察它們如何在陣裡竄來竄去，得出的結論也和自己走時差不多。

但有些事畢竟旁觀者清，羅夜忽然生出了一點靈感。

「路線沒有固定，但應該有個共同點，就是會引導陣裡的人遠離陣眼。」羅夜輕揚唇角，放出一截鎖鏈握在手裡，「如果是這樣，我應該能試出陣眼的位置。」

一看他叫出鎖鏈，江晨雪就明白他想做什麼了，於是收起羅盤對他說：「我在旁邊設個屏障讓其他東西躲進去，不過他們應該不會相信我，得請你和他們溝通一下。」

羅夜一口答應，對著四面八方吆喝了幾句，大部分的小鬼很快就聽勸了，剩下幾個猶豫不決的，羅夜也沒等他們，鎖鏈直接朝距離最近的階梯射了出去。

第一道軌跡從西側樓梯穿進北側迴廊，第二道軌跡則從北側迴廊出發，通到南邊的樓梯……

羅夜不斷延展鎖鏈，通行軌跡織成一張錯綜複雜的網，偶爾鎖鏈回彈時，他和江晨雪便直接閃避。江晨雪除了道術高明身手也了得，躲開這些鏈條對他來說游刃有餘。

……原本應該是這樣的。

江晨雪發覺自己的不適感隨著時間拉長不減反增，力氣正以不尋常的速度流失，這種前兆他再熟悉不過……怎麼偏偏是現在？

他原以為自己最近的運氣正常一點，此刻彷彿被狠狠甩了一巴掌。所幸他總是藥不離身，盡快壓下去的話應該能撐過破陣。

思緒流轉間，他矮身讓過一條鎖鏈，同時把手探入乾坤袋，不料怎麼都撈不到藥盒。

醫務室新給的備用外傷藥都還在，為什麼……

「老師！」

江晨雪分神之際，一條鎖鏈正好飛到江晨雪頭頂上，羅夜緊急轉向，同時把江晨雪攔腰抱起。

「別散神啊，我好像找到陣眼在哪了。」他笑著偏了偏頭，引導江晨雪看往鎖鏈最稀少的地方，就像網絡之中破了個洞，「我們現在就過去。這裡空間太亂，所以我打算直線硬闖。你抓緊我。」

江晨雪艱難地點頭，實際上根本沒能把羅夜的話聽進去。他現在對乾元信引極度敏感，羅夜的氣息徹底侵佔他的腦海，讓他喪失思考的能力。但羅夜專注於破陣，竟也沒發現江晨雪的異樣，直到他收起鎖鍊帶著人來到陣眼處，鼻息捲入甜蜜香氣那一刻，才驚覺江晨雪已經癱軟在他懷裡。

「老師？怎麼突然……」

江晨雪想說發情期，話到嘴邊卻碎成細軟的呻吟。這次發情期來得又快又猛，他只覺整個人須臾間就燒得融化了，連說話的力氣也擠不出來。

「是發情期嗎？藥呢……啊，你手邊正好沒藥？」

出於對江晨雪的了解，羅夜很快就釐清現況，前者迷迷糊糊聽著，從喉間擠出一絲痛苦的回應。

羅夜頓時萌生警覺，畢竟江晨雪對這些事一向小心，發情期忘記帶藥不像他的作風……但眼下根本無法仔細推敲，羅夜一方面心疼極了，另一方面又被發情的心上人撩得慾火焚身，他只好繼續摟緊江晨雪，摸出自己的抑制劑乾吞了幾顆，焦急地等待藥效發作。

雪上加霜的是，四周的形勢陡然生變。

修行者的精元對鬼魅來說是珍饈，江晨雪的耗弱成為致命的吸引力。屏障裡的東西已然忘卻自己方才是受誰保護，紛紛張開血盆大口朝他們撲來，羅夜散發肅殺之氣一揮鬼爪，瞬間撕裂一隻餓鬼的咽喉，森寒的陰氣隨即逼退其餘接近中的鬼魅，而他也趁此空檔把江晨雪拖進鬼域、張開領域隔絕外界，總算獲得暫時的安寧。

羅夜抱著半昏半醒的人席地而坐，心臟怦怦狂跳。

想緩解江晨雪的痛苦，有個最快最有效的方法。

他自知帶著私心，覺得在這種時刻還隱隱興奮起來的自己無恥至極，但同時又能想出千萬個理由告訴自己一切是逼不得已。

然而他仍然有最後的底線——只要江晨雪表現出一絲抗拒，縱使有千萬種理由，他也斷然不會出手……

「老師，我有個冒昧的辦法。但如果你不願意，我還是會想盡其他方法帶你闖出去。」羅夜的喉間越發緊澀，幾乎快要連話都說不好了。他極力讓自己革除一切多餘的感情，像是那些不堪的私心只要稍微冒出來讓江晨雪聽見，就會把人給玷汙似的，「我可以先在這裡替你緩解一下……身體上的需求，然後臨時標記你。這樣我的信引就能代替藥物讓你舒服點，等你恢復力氣，我們再一起破陣出去。」

江晨雪彷彿化成一灘燙人的糖漿，盈滿水光的雙眸勉力維持住最後一絲清明，對上羅夜的眼睛。

「……好。」

話音微弱，卻十分確定。他用盡殘存的力氣，把所剩不多的珍貴清醒全都留給這個決定。

儘管如此，羅夜還是看出江晨雪的緊張，他先是幫忙卸下乾坤袋，然後小心翼翼地把人抱到腿上。江晨雪閉上眼睛胡亂揪住羅夜的衣襟，他難以想像接下來即將發生什麼，只是迷迷糊糊遵循著此刻對羅夜的渴望與依戀，把自己全然交付出去，感受著對方的撫觸。

空間裡只剩兩人急促的呼吸聲與細微的水聲，他們都沒去意識過了多久，直到羅夜一口咬下他的後頸完成標記。

歡愛帶來的快感、發情期的虛脫、牙齒咬開皮肉的疼痛、信引交融時體內竄起的熱流……鋪天蓋地的感官刺激幾乎要讓江晨雪當場暈厥過去。

直到蜜的甜香與罌粟的芬芳融合成新的味道，羅夜才挪開口齒，輕柔地吻去江晨雪後頸的殘血，而江晨雪貼身聞著那股迷人的馨香，呼吸也跟著逐漸回歸平穩。

他現在還跨坐在羅夜腿上，不適感稍微緩和後，首先感受到的是對方抵在他腿間的慾望。

「我是不是……讓你忍得很辛苦？」

江晨雪總算恢復到能組織語言的程度，乾元信引對發情的坤澤來說果真是最好的特效藥，碰上相性好的，那更是事半功倍。

「你剛才那樣幫我，若你不介意，我也……」

「不、沒關係！你別……」羅夜連忙握住江晨雪纖細的手腕，手上的濕黏還來不及擦乾淨，即便知道那是因為自己，江晨雪還是不禁瑟縮了一下。

「你不用特別為我……真的。我再吃藥就好。」

「可是……」

「我真的沒關係。只要你能好轉就好。」

羅夜勉強找出衣服上比較乾淨的區塊，連同江晨雪的手一起細細擦拭。江晨雪的每個指縫都被他照顧到了，手指交纏，越發親暱纏綿。擦完手後，羅夜才鬆懈地喘了口氣，低頭虛靠上江晨雪的頸窩。

「地上髒，休息還是在我身上吧。等你休息好了，我們就去破陣。」

江晨雪點點頭，整了整凌亂的衣裳才靠回羅夜身上。

「謝謝……」他輕聲說著，慢慢闔上眼睛。

垂眸凝視江晨雪毫無防備的神情，羅夜心裡甜蜜，卻同時對自己更加厭惡。

明明欲求不止於此，明明就是趁人之危佔盡便宜，卻擺出一副純粹幫忙的姿態，口是心非地回絕人家。

他始終覺得自己的言行舉止必須足夠清高純淨，好像這樣才配得上在江晨雪身邊立足，但無論表面上如何仿效，也無法消除內心自私醜陋的一面……

又吞了兩顆藥，依舊沒有見效。羅夜覺得自己應該開始思考破陣的事，然而可怕的羞愧感卻怎麼也壓不下來，如同毒素在他的每一條神經上蔓延開來。

他一向慣於克制且精明自覺，很快就察覺出自己的狀態不對勁。現在他完全掌控不了席捲而來的痛苦情緒，而江晨雪甜蜜的香氣又是另一種蠶食理智的毒，當他望向懷裡平靜美好的人，腦海裡卻扭曲成無數不堪入目的畫面，慾望逐漸取代一切，變成比什麼都還強烈的情感……

易感期？

他從過往的經驗裡挖掘出唯一的可能性，但……怎麼會這麼巧？他上次易感期都不知道是幾年前的事了！

易感期是乾元相對於坤澤發情期的生理現象，只不過不像坤澤每個月都會固定發作，乾元的易感期因人而異，有的時常發作，有的偶爾才發作一次。

易感期的乾元情緒上會變得格外敏感脆弱，性慾變得極強，而且比平時還要暴躁易怒。比起坤澤一發情就被迫變得弱小可憐又無助，易感期的乾元則大多相反，會變成極具殺傷力的人形炸藥，除非有強效抑制劑，不然就得攝取坤澤信引才能舒緩易感期的症狀。

有個不成文的說法是，乾元在易感期時會將累積的壓力全然發洩出來，因此平時越壓抑的乾元在易感期會越可怕，羅夜不知道別人，但他自己的確是這樣的……

於此同時，江晨雪也睜開眼睛。

由於正貼身被抱著，他很快就發覺羅夜的體溫瞬間上竄許多。

「你怎麼了？」他伸手撫上羅夜的前額，不出所料摸到高燒的溫度，卻沒想到立刻就被羅夜滿臉驚恐地側身躲避。

江晨雪跟不上他驟然反轉的態度，卻還是狐疑地從他身上挪開，只見羅夜抱著頭縮起身體，斷斷續續地說：「離……我遠一點……我……好像易感期……」

江晨雪一聽，不由得傻住了，在危急關頭時發情期和易感期輪番上陣，沒有比這更要命的事了！

他對易感期的認識不深，只知道對乾元來說和坤澤的發情期相似，都是一發作起來會少半條命的東西。

回神之際，隱約聽見羅夜又一次叫他離遠點，但他哪可能真的扔下羅夜不管？於是不只沒退，還步步逼近。

羅夜見狀，一身陰氣頓時狠戾了起來，冰冷的鎖鏈重新被召出來，這次卻是勒在他自己身上。

「你做什麼？」江晨雪大驚失色，問句幾乎是用喊出來的。

鎖鏈本就是地府用來束縛羅夜的東西，綁起鬼來力道極強，堪稱物盡其用。肺部受到擠壓的窒息感令羅夜恍惚了片刻，事後他竟然笑出聲來，「這樣就不會傷害到你了……」

江晨雪頓住腳步，難以置信地看著鎖鏈越纏越緊。

「我不靠近了，你先鬆開。」他臉色鐵青地低喝：「總之你先鬆開……羅警官、羅夜！」

羅夜對江晨雪的喊聲置若罔聞，疼痛帶來的刺激正好用以填補他無處宣洩的慾火，而這種如同自我懲罰的行為也能撫慰他難以抑制的自責心態。陰氣越發凜冽，他像食髓知味一樣加重了束縛，肌膚甚至都被磨破，開始滲血。

江晨雪從來沒像現在這樣心焦過，平時他常有和羅夜心意相通的感覺，卻也有很多時刻完全搞不懂羅夜在想什麼，例如現在，他不明白為什麼對方不久前才那樣百般溫柔地呵護他，卻在轉眼間如此殘忍的對待自己？

他現在只能明白一件事——如今立場對調，他終於體會到解咒那一日，羅夜所說的「心臟會痛」是什麼意思。

羅夜顯然已經聽不進他的勸，那麼靠近與否根本沒有差別。於是江晨雪從一旁的乾坤袋裡撈出一捲備用繃帶，果斷來到羅夜面前，徒手扯開一小截鎖鏈。

他體力尚未恢復，能鬆動的幅度不大，但能動搖羅夜的瘋勁。

「你……你別這樣……太靠近的話，我不知道會對你做出什麼……」

「易感期還能有什麼事？我沒有不願意。」江晨雪面若寒霜地拉開繃帶，心裡卻像有一把火在燒，現在大概是他這輩子最氣惱的時候，「鬆開。你受傷了，需要包紮。」

「你不知道我的易感期有多瘋！」羅夜痛苦地別開頭，嘶聲乞求：「我現在不想看到你、你不要管我了……」

「那就別看。」

江晨雪冷冷打斷他，直接從原先打算用來包紮的繃帶撕咬了一大段下來，三兩下蒙住他的眼睛。

出乎意料的行徑讓羅夜完全愣住，一時忘記掙扎，江晨雪便能毫無阻礙地捏起他的下巴把頭扳回正面，俯身吻住他的唇。

在江晨雪懵懂的情愛知識裡，易感期的乾元能在與坤澤進行情事時得到安撫，而羅夜除了頭以外都被鎖鏈捆住，他便順其自然選擇了接吻。

然而，江晨雪根本不懂得如何接吻。

對他來說皮碰皮就算親過了，閉著氣停留一陣子，發現不怎麼管用，於是換了口氣，又親了一次。

其實他的吻並非不管用，而是此舉讓羅夜整個腦袋都被抽空了。眼前一片黑暗，其他感官變得格外敏銳，江晨雪身上誘人的香氣、溫熱的吐息、柔軟唇片……堆疊起來的細小刺激徹底激起乾元的情慾，填滿一片空白的腦袋，而他最後一絲理智也隨著被剝奪的視覺一起煙消雲散了。

纏身的鎖鏈一鬆，落地時發出叮噹脆響，羅夜一把抱住江晨雪，把他手裡的繃帶拍到地上，同時撬開他的唇齒，深深吻了回去。

這是江晨雪始料未及的吻，火燙的舌在他柔軟的口腔裡粗魯肆虐，攪得他差點喘不過氣來。一開始他以為羅夜是成功受他安撫才願意解開束縛，直到他被提起來轉了半圈，後頸接著被重重咬下的那一刻，才後知後覺地發現事實完全相反。

後頸的傷口很快又流出鮮血，背後卻仍在肆無忌憚地吮吻，敏感的腺體經不起這般折磨，江晨雪好不容易壓下的發情症狀竟再度燒灼起來。他試圖轉回去和羅夜溝通，卻被強而有力的臂彎牢牢箝制，拉鋸之中，他的前襟被徒手撕開，雙腿亦被強壓著跪伏在地上，彷彿野獸交合的姿勢。

羅夜埋在江晨雪頸間粗喘，信引甜美的香味混著一股磨人的腥氣，狠狠激發厲鬼長年壓抑在骨子裡的兇性，連帶引出尖銳的鬼爪。他將兩手伸進江晨雪敞開的上衣裡重重搓摩，對方白皙的身體上霎時間多出數道帶血的抓痕，但他仍渾然未覺，幾乎要把人揉碎在懷裡。

江晨雪被折磨得渾身酸軟，身上的新傷舊傷都在滲血，除了針扎般的疼痛，居然還混雜著某種陌生的快意。他罕見地心慌不已，只能垂著頭大口喘息，從髮梢和睫毛滾下的水滴落在地面，也分不清是汗還是淚。

「羅夜……你……你輕點……」

渾渾噩噩，支離破碎的央求脫口而出，陣陣情潮讓江晨雪的話中猶如染上哭音。脆弱的呼喚聲傳進羅夜耳裡，同時喚醒他一絲清明，逐漸恢復運作的腦袋分辨出竄入鼻息的氣味，原來混在香甜裡逼人的腥氣竟然是血的味道……

羅夜猛然停下動作，鬆開其中一手扯下蒙住眼睛的繃帶，習慣光線後，江晨雪鮮血淋漓的後頸首先刺進他的眼裡，可怕的一幕讓他更清醒了，他痛苦地別開頭，喘得撕心裂肺，這時渾身脫力的江晨雪差點直接軟倒在地上，所幸被他一把接入懷裡。

熟悉而安穩的懷抱令江晨雪心神一鬆，他知道羅夜已經冷靜下來了。正想說點什麼，頸側卻忽然沾了幾滴溫熱的液體。

羅夜居然在哭……

「對不起……」環抱江晨雪的手不敢用力，羅夜把頭虛靠在他身上，抖得只剩下微弱的氣音，「對不起、對不起……對不起……」

江晨雪一怔，連最後一點怨言也被他的眼淚沖走。

不知輕重什麼的，好像也無所謂了……

羅夜一邊流淚，一邊把江晨雪安放在地上，隨即背過身去，眼裡帶著隨時能夠走向毀滅的決絕。

動了真格的殺氣激得江晨雪連忙坐起，從背後抱住他。

「別……你別傷到自己。」江晨雪尚在脫力之中，短短的勸詞被他說得氣若游絲，羅夜現在根本不敢違抗他，只能僵在原地，任由江晨雪握著他的手，不甚熟練地給予撫慰。

待那股磨人的瘋勁總算暫時獲得紓解，羅夜懷著濃烈的羞恥感離開江晨雪，獨自走到一旁胡亂理了理亂成一團的衣衫，最後終於崩不住情緒雙膝跪地，弓著背伏在地上抽泣。

江晨雪當他是易感期情緒不穩定，決定放任他再哭一陣子。意料之外的親密讓他消耗大量體力，還添了不少新傷，但出自本能的欲求卻也受到史無前例的滿足，感覺其實也不算太糟。

與羅夜融合過的信引帶來十足的安定，江晨雪的心理素質也不容小覷，這種情況下還能再次站起身來，撈回被遺忘已久的繃帶把自己大致包紮一遍，重新把儀容調回人樣。

隨後他又撈了一綑繃帶出來，輕放在羅夜身側。

「給你清理自己用的。我先看要怎麼破陣，你好一點再來找我。」

江晨雪話一說完，沒邁出幾步立刻踉蹌，即使心態再怎麼堅強，軀體的疲累依舊沉重而真實。這時地上的鎖鏈浮動起來，紛紛繞到江晨雪身側供他攙扶，可見羅夜雖然被困在情緒裡，卻仍留意著江晨雪的一舉一動。

「謝謝。」江晨雪泛起笑意，將乾坤袋掛回腰間。

羅夜的領域涵蓋所有陣眼可能落在的範圍，江晨雪環顧所有擺設，最後將目光鎖定在一面看似不起眼的鏡子上。

鏡面反射出的家具形成某種刻意安排過的對稱形狀，他對這個圖形無比熟悉——正是先前出現過數次的神位剪影。

「鏡子映照神位造成沖煞，正好符合他們家主神的胃口。」江晨雪不知道羅夜有沒有在聽，總之還是解釋，「我想，只要破壞這面鏡子……」

江晨雪話音未落，就見整理好自己的羅夜面色沉重地走來。鎖鏈輕柔地把他帶離鏡子，下一秒，羅夜便瞬身朝鏡面連揮數拳，玻璃應聲碎裂，他們所在的空間亦疊上一層龜裂般的扭曲，隨著鏡子被毀而逐漸淡去。

「等等，先別撤出鬼域。」

羅夜的拳頭上全是血，他卻只是面無表情的拔掉刺進皮肉裡的玻璃渣，江晨雪只好又摸出一捲新的繃帶替他把手包好。

現在的羅夜就像一個死氣沉沉的木偶任由江晨雪擺布，江晨雪心中無奈，拉著他走回方才糾纏的地方，沿途對凌亂的地面放出真火。火焰源於他的靈力，只會燒他想燒的東西，直到所有痕跡被燒得一點不剩，他才疲憊地開口：「我只是覺得，該負點責任清理一下現場。現在可以撤了。」

羅夜點點頭收回領域，江晨雪則重新點亮火符，他們此刻才真正看清廢棄屋地下的廬山真面目——那是一間陰暗的私人刑房，乾扁的單人床顯然是處刑台，床頭還拴著數條帶著陳舊血跡的鐵鍊。生黴的牆面上有各色各樣折磨人的道具，使用者似乎很有把握這個地方不會被人發現，因而沒有認真清理。

濃重的惡意和受害人的血淚一樣，一層一層堆疊在整個空間裡，即使他們的魂魄、怨念甚至肉身都已慘遭攝食，深刻的罪惡卻還是隨著他們死前留下的痕跡被牢牢記在整個場域裡。

「翁平這次是插翅難飛了。」江晨雪悲憫地闔上眼睛，輕聲唸出一段超渡經文，即使這裡已經沒有任何東西可渡，他卻還是想告慰那些冤死的亡靈。

羅夜始終在一旁默默守著他，江晨雪判斷此鬼失魂落魄的情況一時無法回復，便跟他要了傳訊符聯絡張瓔琦，同時把他囊括近收聽範圍內。

張瓔琦早就等得很著急了，一聽見江晨雪的聲音連忙問道：『老師，你們都還好吧？夜哥呢？怎麼是你幫他連絡？』

江晨雪一時不知該如何作答，想了想，還是決定言簡意賅地敘述前因後果，「我們探路時被暫時困在了迷陣裡，破陣前出了點狀況拖延到時間，我突然發情期來，手邊又剛好沒藥……總之現在已經破陣，需要你們來蒐證。」

『啊？』張瓔琦驚呼：『但你現在聽起來……所以你們已經……？』

「臨時標記而已。本來解決得還算平靜，但他後來突然易感期……」

『什麼——！那你現在都沒事吧？你們在哪？我馬上帶人過去！』

江晨雪即刻報了地址，卻對張瓔琦的反應感到困惑，「妳不問問妳們隊長的情況嗎？」

『他只要能忍住就不會出什麼大事，我現在比較擔心你……老師你不能小看易感期的乾元，現在立刻遠離夜哥，我們馬上就到。然後警務單位對職員易感期的處置比較嚴格，現在他是不能待在現場了，必須即刻回家隔離至少三天，我等一下直接讓桂子去載他。』

「……照她說的做。」羅夜勉強擠出一句話，還很自覺地挪遠了幾步。

隔空唱雙簧的正副隊長令江晨雪無言以對，不過他是真的沒力氣了，於是什麼也沒說，就直接席地而坐等待支援。

第十三章　塵埃落定

破獲地下刑房後過了將近三天，江晨雪才在病床上醒來。

他現在被安置在靈務局臨時弄出的隔離房裡，止痛和助眠藥物的效果似乎未退，他已經昏天暗地睡了許久，醒來後卻還是昏沉了半晌。

這時隔離房的門被人打開，水嫩的白衣少年朝房裡探了探頭，確認人終於醒了，才化回鳥形撲撲飛到了床頭。

「隊長真是造孽……」麻糬看江晨雪滿身包紮，遺憾放棄了停在他身上的念頭，「老師你傷口還痛嗎？隊長那時不知道自己在幹什麼現在肯定超級後悔，你會怪他嗎？」

「我沒怪過他。」江晨雪搖搖頭，柔聲問：「你能告訴我，在那之後都發生了什麼事嗎？」

回顧頭天晚上，江晨雪在第一時間就被送回局裡醫治，羅夜則在現場簡單處理外傷之後馬上就被勒令回家。同事們絲毫不敢輕忽，幾乎是用押解犯人的謹慎態度嚴防再出什麼亂子——不為別的，就因為江晨雪加重的傷勢實在過於驚世駭俗！

張瓔琦當下幾乎是崩潰的，明明通訊時聽老師的聲音只覺得虛，其他部分都心平氣和思慮清晰，和平時沒什麼兩樣，卻沒想到會迎來如此慘不忍睹的畫面……原來是江老師的心靈太強大！

他們家發狂的乾元根本沒控制住！

接下來的取證十分順利，翁平的過度自信果真害到自己，似乎是覺得住處受無形的力量加護，甚至沒花太多心力掩蓋犯罪證據，電腦裡的不雅影片一一被破解，除了暴露妨害性自主的罪行，小祭時虐殺活祭品的過程也被記錄下來。比對受害人身份後，確認重啟調查的兩件失蹤案都是遭其毒手，而私人刑房裡也大量殘留他的毛髮和體液，罪證確鑿，難逃法網。

不過影片和刑房裡都沒有找到何曉星和林昀婷的蛛絲馬跡，據翁平後來供稱，是大祭的規範不同，他不敢擅動住在祭品房裡的人。

後來翁平死到臨頭把蔡旺喬也供了出來，蔡旺喬起初裝傻裝得很徹底，一口咬定自己不知道邪教的事，然而他在第一次做筆錄時的謊言早已被戳穿，警方拿住把柄步步追問之下，他終究坦承了共犯罪行。

由於邪教獻祭案情重大，市警局不只全面加入調查，還和靈務局重新劃分權責。林昀婷案還是會在靈務局手上結掉，翁平與其同夥的處理權則轉回市警局。至於所謂「無形的力量」，所有官方文件都會將其當成邪教信仰處置，然而實際上的追緝自然是由特偵單位靈務局繼續負責。

結案前大增的工作量來勢洶洶，靈務局這幾天實在太需要羅夜了，偏偏這傢伙還得強制隔離。所幸三天期限一到他就得以出籠，今早醫務長還親自到府鑑定，確認他易感期的症狀全然消退，明天就可以上工。

「沒有大礙就好。他工作也是辛苦，連這種時候也沒辦法好好休息。」

江晨雪長出一口氣，被眼尖的麻糬發現他不只有點喘，脖頸到面頰的肌膚還有些泛紅。於是鳥兒挑了他肩上一塊比較完好的區域，直接跳上去肉身量體溫，「老師你又發燒了是因為發情期嗎你現在是不是很不舒服？」

「……還好。吃藥能壓下一點。」江晨雪從床邊拿來備好的舒緩藥物和開水，不緊不慢地吞了兩顆。然而自己的身體自己明白，自從被羅夜標記後，這些藥的效果變得很有限，以往只要過了前三天，週期的症狀就能自己緩下來，但這次從來的時機就亂套了，恐怕沒那麼容易。

「既然隊長已經沒事了我們先把你送到他那裡去？你現在的情況就算只是在他身邊聞聞味道也比現在好。」

「謝謝。不過我想……他現在未必想見我。」

麻糬急著又勸：「你不是不怪他嗎說清楚就好啦！」

「唔。不是我怪不怪他的問題，他那時會失控其實我也有責任。他已經提醒我好幾次要小心了，我卻對他發了一頓脾氣，主動去招惹他。」

「……？」麻糬歪歪頭，難得有聽不懂別人說話的時候。江老師說的這個情節太過魔幻，他怎麼也無法將前因後果兜起來。

「等他明天來上班時我再好好道個歉吧，現在就別勉強把我塞給他了。」

現在想想，江晨雪對那時的舉動還是有所反省。此生難得認真鬧了一回脾氣，結果居然換來慘遭蹂躪的下場，這事他倒不全然歸咎於運氣，只怪自己修養不夠好。

麻糬聽了簡直急得要炸成毛球，連忙信誓旦旦地保證：「隊長才不會那樣想！我是他的親信我以我的信譽保證他絕對不是那種會對你始亂終棄的渣乾！」

「啊——？你說這話能聽嗎？你都標記他了，吃藥最好是有用！是乾元就給我對你的坤澤負起責任！」好巧不巧，張瓔琦暴怒的吼聲正好穿透門板傳進了隔離病房，「你還有臉問他怎麼樣？我現在才有空去看他，但我聽說他昏睡時又發作了幾次，靠打針才勉強緩下來，你現在都好了還忍心把他丟在這？苦衷再多也一樣，實際上就是始亂終棄啊！渣乾！」

……欸不是，打臉有這麼快的嗎？

麻糬覺得還是有必要捍衛自己的信譽，於是化成人形拉開了房門，對著咆嘯中的張瓔琦使出唇語。

開擴音開擴音！

『妳說的沒錯。我就是個渣滓。你們也看到我把他傷成什麼樣了。妳跟我說的道理我都懂……但我沒辦法原諒自己。』羅夜頹靡的聲音摻著雜音傳出話筒，『我現在就是覺得，我連多看他一眼都不配。』

張瓔琦望進隔離房內，覺得江晨雪的表情似乎有點戲，於是保持住憤怒的口吻繼續罵：「算了不跟你講了！老娘還得幫你扛工作！明天回來你就知道了！」

掛完電話，張瓔琦怕自己的信引造成江晨雪更多不適就沒敢進房間，只能隔著一段距離狂眨眼睛，嬌聲嬌氣地抱怨：「老師，你看看他！」

江晨雪蹙著眉抿了抿唇，「我明白了。我去找他吧。有些話得和他說清楚。」

◆

在臥房裡結束通話後，羅夜的心情糟到不行，不過只要不受易感期干擾，他再沮喪都能重新專注於工作上。

上午醫務長來的時候順便帶來不少結案會用到的資料，靈務局寫結案報告一向有獨到的規矩，近年來大多都是在他的指導監督下完成。

這時房裡的傳訊符突然起了反應，來訊者居然是宋主任。

『羅夜啊，聽說你因為易感期被暫時隔離，身體都還好嗎？』宋主任還是走和藹老人的路線，開口就先關心他的健康狀況。

「明天就可以回去上班了，謝謝主任。」

『我這幾天都在陰間，沒顧到地上的狀況，今天回來才知道快結案了，有些話再不講恐怕來不及。』宋主任說：『你讓我查的人我沒有輕忽，只是這次遇上不少困難……你現在是自己獨自待著吧？』

羅夜頓時心生警覺，「只有我在家裡，您放心。」

『這樣最好。』宋主任還是壓低了音量，『玄曦君早已經在生死簿上被抹除了痕跡，也就是說，連地府也無法掌握他的動向和生死。生死簿並不是誰都能碰得到的東西，你很聰明，應該已經知道這意味著什麼。』

「……我明白了。」

原來連地府內部也被滲透了嗎？

羅夜本就知道地府的勢力錯綜複雜，派系之間不和睦或相互角力的情況屢見不鮮，但跟邪魔歪道勾結這種事……

『羅夜，我知道你結案時可能會糾結，因為目前能處理到的都是陽間的罪，玄曦君全身而退，恐怕暫時不會再露出頭來。』宋主任難得顯出嚴厲的那一面，『我急著在結案前打來就是想跟你說，量力而為，不急於一時。水也許比你預設的還深，我們都還不知道潛伏在身邊的敵人究竟是誰，當然，最後做決定的還是你，我只能提供我的看法。』

「已經很受用了，我會仔細考慮的，謝謝主任。」

量力而為，不急於一時……

以宋主任的城府和歷練，提出這樣的建議無可厚非，尤其在己方陣營可能出內鬼，層級可能還比自己高的情況下，冒進和找死沒兩樣。

這次恐怕真的得就此結案，之後繼續沿著邪教追下去，總有機會蒐集更多線索，慢慢試探己方陣營的敵我關係。可是……江晨雪呢？

羅夜終究有私心，只要玄曦君還存在一天，江晨雪的安危就會受到威脅。隨著案件結束，貼身保護會失效，而現在的他，又有什麼理由繼續死皮賴臉，待在江晨雪身邊呢？

門鈴突然急促地響了幾聲，羅夜拔出盤根錯節的思緒，狐疑地望向門口。

這時會來訪的大概只有同事，但他們來之前應該都會事先通知，是有什麼急事嗎？

大門一開，只見王桂仁竹竿似的身軀站得直挺，還朝他行了個緊繃到有點可笑的舉手禮。

「老、老大！我順利把人護送到了！麻糬要我轉告您，今天什麼都事都忌，就是宜嫁娶，讓您好自為之！」王桂仁說出如此大不敬的話後幾乎繃不住站姿，腳底抹油似的向後一溜，留下最後一句哀號：「老師請您一定要幫我說好話啊！」

羅夜顧不得落荒而逃的悲情助理，他的視線完全被黏在江晨雪身上。

「是我請他幫忙。你之後別怪他。」江晨雪平靜地看著他，「外面有點冷，能讓我進屋嗎？」

羅夜絕對不可能讓他待在外面受凍。

相比辦公室，羅夜兩房一廳的家顯得開闊乾淨許多——開闊是因為除了家具沒擺什麼多餘的東西，乾淨則因為不常待在家，沒什麼機會添亂。屋子裡的氣味也沒有特別控制，他在裡頭關了將近三天，生活過的痕跡遍布各個角落，對正處敏感時期的江晨雪來說，便是到處都飄滿花香。

麻糬說得沒錯，光是聞著味道就比先前舒服許多……

羅夜帶著江晨雪來到客廳的沙發坐下，正想從廚房裡拿些茶點招待，卻尷尬地發現家裡什麼都沒有。

「別忙了，我從局裡來的，他們不會餓到我。」江晨雪說：「你回來坐著吧，我有話跟你說。」

羅夜搖搖頭，停在離客廳有五、六步遠的地方，兩腳像就此黏住了，拒絕挪動一步，「……我在這裡聽。」

他甚至不願再將一點目光放到江晨雪身上。

江晨雪無奈嘆息，只好自己走過去，見羅夜又想逃，便立刻抓住他的手腕。

羅夜瑟縮了一下，根本不敢出力抵抗，就這麼僵在原地痛苦地閉上了眼睛。

「你就這麼怕我？」江晨雪輕聲問。他沒有掩飾語調裡的落寞，聽似和其他表現出情感的時候差不多，淡淡的，卻顯出幾分不同於以往的柔軟與脆弱。

羅夜的喉頭緊了緊，好不容易才擠出一點沙啞的聲音，「怕你……更怕我自己。」

江晨雪看他這樣也不好受，想想還是鬆開手蜷起指頭，指尖在掌心裡摩了摩。

這次羅夜總算沒有再拉遠距離，江晨雪和他一起站在原地，沒再多加勸慰，只是心平氣和地開口：「上次我發情期身上沒藥，是十幾歲剛分化那時候。那年農曆七月初一，鬼門剛開，我體質比較特殊，又還沒入道，所以招惹到不少兇殘的東西。」

這段話說得輕描淡寫，但羅夜卻想起他在宋主任那邊聽過的話。

——十二歲那年嚴重中邪，差點要了命的那種。

受發情期折磨的同時，還被餓鬼奪食精元，那是真正意義上的奪人性命。

「再怎麼樣都沒有比當年更不幸的時機點了。」江晨雪接著說：「況且這次還有你在……」

「別說了，我知道你信任我。但你賦予信任的對象卻跟你小時候傷害你的餓鬼沒什麼差別，控制不住對你的非分之想，不知廉恥、卑劣齷齪……這是最大的不幸。」

「不。你錯了。」江晨雪是有料到羅夜的自責，但實際上聽他這麼辱罵自己仍不由得有些氣惱，「那時候來發情期確實不幸，但如果在那樣的當下必須被誰標記，我希望是你。只有你。」即使事情發展到最後已經遠遠脫離原先的預想，他的心意也始終沒有變過，如今說出的一字一句都和他那天答應的時候一樣，溫柔而堅定。

「而且……那件事我也有錯。你已經盡力避免，是我那時實在氣昏了頭，我願意承擔後果。」江晨雪心虛了一會兒，實在想不到合適的措辭，只好侷促地坦承：「具體想什麼我自己也說不清了，就是不願意看你繼續折磨自己。我知道你那麼做就是因為不想失控，想保護我，但我後來卻還是用錯方法逼得你發狂……讓你那麼自責，我覺得很抱歉。」

羅夜默默聽著，同時極力壓抑劇烈起伏的情緒。他的雙目仍然緊閉，呼吸顫抖得厲害，空置的雙手緊緊握著拳頭，指甲幾乎要把掌心摳出血來。

江晨雪怕他又胡思亂想，連忙說出最直覺的想法，「心臟、真的會痛！」

「那時我滿腦子只覺得，我願意做任何事，只要能讓你好一點。」他很少這樣想到什麼就說什麼，卻隱約感覺這時候依憑直覺是對的。於是他毫無預兆地逼近羅夜，抓起對方的手就往自己心口上放，就像解咒那日，羅夜對他所做的一樣。

「我想我也是真心愛你的。我……」

江晨雪驀然止住了話音，因為他感覺到羅夜的軀體突然之間緊繃得不尋常。

這時羅夜總算睜開了眼睛，瞳色赤紅，透出一絲異樣的陰邪，儼然是執念攻心的前兆。雙方視線相撞的剎那，江晨雪心裡一急，連忙鬆開與羅夜交握的手，一把擁住對方。

「你……你剛剛說什麼？」

羅夜低啞的呢喃傳進他耳裡。

他的思緒尚在一片混亂，羅夜的問句和他自己劇烈鼓動的心跳聲幾乎融在一起——

「我愛你。」

「前世的事我已經不記得了，但我能確定，我這輩子從未如此喜歡或在意過誰。解咒那天，你掏心掏肺對我說了那麼多，我只想問……為什麼我願意接受，你卻又急著反悔藏回去？」

羅夜眼裡的清明正一點一點恢復，他心一橫，還是伸手推開江晨雪，自己背過身去。

「……你知道你自己在說什麼嗎？」

「知道。」

「你知道真正的我是什麼髒東西嗎？你的修為命數都可能被我毀掉，我甚至可能帶來未知的劫數……」

這傢伙開口閉口都在自貶，江晨雪實在聽不下去，於是對方語句間一有停頓就立刻接口：「我看過你的真身，不是髒東西，戾氣重了點，但傷不了我。我入的道不是清修一派，如果修為那麼容易被毀，只代表我本事不夠，與你無關。至於命數與劫數，我自己會算命心裡有數，本來就命格不好劫數頗多，反倒是遇見你之後，日子比從前好過不少。我就這麼想，你繼續說。」

「……」

羅夜一時之間無言以對，唯一能做的就是守住最後一絲原則，忍著不轉回來。江晨雪盯著他一起一伏的後背，跟著沉默片刻，最後緩緩走過去，將前額靠上他的背脊。

「我想收下你的心意，卻不喜歡白收。我只是需要一點時間考慮該怎麼回應你，你怎麼就不願意等等我？」

江晨雪額頭的溫度穿透衣料傳到了羅夜身上，羅夜心頭一驚，猛然想起他的發情期還沒結束，現在整個人似乎又發起高燒，說話間灼熱的吐息和越發沉重的呼吸都明示著他狀態越來越不好，而他卻還是強撐著不適，站在這裡……

「我其實已經想好了，原本想結案之後再問你的……但事情提前發生了，我好像得換一種說法。」江晨雪輕輕喘了口氣，似乎也聞到自己身上已經變了味道的信引，「你已經標記我了，雖然當下很像是危急情況下逼不得已，但我想認定你成為我唯一的伴侶，也希望標記的關係繼續維持下去，我這樣說，足夠用來換你嗎？」

羅夜咬緊牙關，忍住蓄了滿眼的酸楚與淚意轉過身——

「……從身到心，一點不留，全都給你。」

此刻，他終於甩開內心所有沉重的包袱，不顧一切地和江晨雪相擁。

原來歷經千秋煎熬，終於得償所願的這一刻，竟不需要太多言語。

所有的情意、等待、執著與夙願，全都在這個擁抱裡。

羅夜顧慮江晨雪的外傷，不敢抱得太緊，但江晨雪依然感覺得到那種無形卻深沉的東西，整個人都陷落進去。

發情帶來的熱潮終於肆無忌憚地襲上，隨著腺體隆起，後頸的外傷又被牽動，隱隱作痛著帶來另一層磨人的刺激。罌粟花蜜動人的甜香帶著一絲血氣逸散而出，這次是意料之內的發作，因此兩人都沒有驚慌，羅夜把人抱到沙發上，輕輕捏著他的下巴印上一吻。

江晨雪主動張嘴迎合，羅夜順勢加深親吻。

兩人的舌纏綿的捲在一起，和他們第一次接吻時截然不同，這個吻實在太甜了，像是漬在濃稠的糖漿裡。兩人下身相抵，隔著布料都能感覺到彼此灼燙，羅夜克制地避了避，江晨雪一把抓住他的手腕，輕喘著說：「……沙發不好清理。」

羅夜疼惜地笑著，親親他的額角，再度把人抱起，「嗯。那我們去床上。」

◆

隔天一早，晨曦剛穿透薄雲照耀大地的時候，羅夜已經輕手輕腳爬下床，悉悉簌簌地換起制服。

即使他已經極力壓低音量，江晨雪卻還是跟著悠悠醒轉。

「上班時間到了？」

昨天晚上，羅夜暫時將自己的睡衣借給江晨雪穿，現在他從棉被裡鑽出來，蹭亂的衣服從左肩滑落大半，正好露出大片白皙的肌膚和上頭歡愛過後的痕跡。羅夜看著他心蕩神馳了片刻，才把他按回床上，俯身在他頰邊落下一吻。

「剩結案的事而已。你再多養養身體，今天別去了。」

「嗯……」江晨雪重新陷回柔軟的床舖裡，「那我再睡一下……」

全然放鬆的模樣讓羅夜看得心頭一暖，不禁屈指輕輕搔過他的側臉，揚起微笑，「醒來後傳訊息跟我說一聲，順便跟我說你想吃什麼。家裡沒什麼東西，只能從外面幫你叫。」

「我可以自己來。」江晨雪蹭蹭他的手，含糊地說：「但醒來後會告訴你……」

「好。家裡除了書房櫃子裡的文件不能動，其他東西都隨便用。睡吧，我先出門了。」

走出家門時，羅夜生出一種恍如隔世的錯覺。昨天美好得像是一場幻夢，他甚至失眠了整夜，只怕一覺醒來發現一切都只是妄想。

所幸破曉之後江晨雪仍然安睡在他身側，醒來之後也未見任何侷促或悔意，自然得像是面對日常一樣。

日常……羅夜試圖想像他們長久一起過日子的畫面，覺得實在過於奢侈。但他們現在情投意合，江晨雪也願意被他標記，那是不是代表保護令失效之後，他能詢問對方願不願意和他同住？以長遠的角度考量，聽取宋主任的建議是最保險的作法，若江晨雪往後願意和他一起生活，他也能安心許多。

不過同居是大事，不能操之過急，總之還是先趁這個機會多留江晨雪幾天，找到合適的時機再開口吧！

羅夜一回到靈務局便被滿滿的工作淹沒，倒沒什麼心思再繼續蕩漾。不過同事們光看他心花怒放的模樣就知道江老師那頭一定發生了好事，尤其靠洞察力和推理能力吃飯的刑偵隊員們，立刻從「隊長容光煥發地來上班但江老師留在家休息」這一明顯的跡象，推敲出某個頗為喜慶的事實。

昨天王桂仁說的警語是麻糬在大庭廣眾下傳達的，同事們紛紛膜拜麻糬大神果然妙算，然而神鳥只是謙虛地說：「這次倒不是我算的我只是翻了翻農民曆。」

接近中午的時候，江晨雪依約傳訊息和羅夜報平安，他這個月各方面都格外艱難的發情期算是安全度過了，可能是因為昨天後半日他們過得實在放縱，他對乾元信引的需求徹底被滿足，幾乎能確定接下來有好一陣子都不會再亂發情了。

他一向是能夠自理生活的人，於是也沒有麻煩羅夜為他打理午餐，而是打算自己叫一點簡單的外食和生鮮食材。下單之前，他先看了看廚房的配備，雖然不是很齊全，但基本款的餐具和鍋碗瓢盆還是有的。

如果羅夜今晚回得來，也許可以在這裡煮頓飯。

江晨雪長年獨自生活，很早就學會自己做飯，他自覺廚藝不錯，端出幾道像樣的家常菜不成問題。羅夜平常實在太不注重飲食了，一起住靈務局時他從不會忘記幫江晨雪安排，但自己一忙起來就會有一餐沒一餐，吃的東西也都很隨便。

雖說對能化出形體的鬼修來說，皮囊可能只是身外之物，吃飽了就能維持機能，但再怎麼說，總是天天要用的肉身，不該這麼亂養才對。

江晨雪心想，既然休假閒來無事又借宿在他家，晚上煮頓飯作為回報合情合理，他甚至開始期待起來，很想知道自己的手藝究竟合不合羅夜胃口？

想了想，他還是決定傳訊息問一下。

【江晨雪】你今晚會回家嗎？

羅夜似乎剛好在線上，很快就回了。

【羅夜】會

【羅夜】保護期還沒過，我晚上會回來陪你

【羅夜】這間房子我有設防護，屋裡最安全，你一個人的時候盡量別獨自出門

【江晨雪】好。

【江晨雪】等你回家吃飯。

靈務局，刑偵隊長辦公室內。

羅夜看著最後一條訊息，心已化成一汪暖洋洋的春水。

他常聽人說起家的溫暖，提及心靈的歸宿，但他無論是生前為人還是死後為鬼，從來都是過著浮萍般沒有根的日子，即使後來有了自己的房產，對他來說也是個遮風擋雨的住處，依舊沒什麼溫度。有時他甚至更願意待在靈務局和伙伴們熱熱鬧鬧地加班，局裡反而讓他更有歸屬感。

明明就在同樣的地方，只是多了一個人等著自己回去，感受竟然會差這麼多。

他是頭一次產生出如此強烈的，「想回家」的念頭。

思緒隨之飄到遙遠的過去，江晨雪前世臨死之前曾對他說過，自己對這世間沒有留戀。是不是因為他也從來沒有一個可以「回」的地方，所以無論去還是留，對他來說都毫無差別？

在那之後的很多年，每每他回想起自己當時衝口而出的誓言，都覺得實在自不量力，幼稚得可笑，然而一路熬到今天，從他和今生的江晨雪重逢，一路走到當前這一步，他慢慢開始覺得，冥冥之中，那個荒謬的誓言或許有機會實現……

然而現實總不如理想中美好，堆積如山的工作永遠是破壞計畫的未爆彈，羅夜一直忙到晚餐時間，確定炸彈要爆，怕江晨雪餓著，只好遺憾地傳訊回去，表示今天自己加班晚歸，讓江晨雪別等了。

這時王桂仁正好拿著最後一疊資料和兩個甜甜圈進來，「老大，這是琦姐剛才買的，她說看你一整天忙到沒吃東西，怕你這身皮囊撐不住。」

「不至於。不過謝了。」羅夜繼續埋頭苦幹，一陣子後，發覺小助理居然還扭扭捏捏杵在一旁，便抬頭問：「怎麼了？你也該下班了，早點回去休息。」

「我只是想……江老師想必還在家裡等您。還有什麼我能幫忙的嗎？」

「可惜，剩下的工作都只能我親自處理。」羅夜無奈地笑了笑，遺憾之情溢於言表。

「不然老大，我回程時替您帶點東西回去給江老師吧？這附近有琦姐推薦的燉品店，我可以買補身體的湯給他。順路的，不麻煩。」

「也好。那就先謝謝了。」昨天累成那樣，補補身體確實不錯。羅夜於是沒有推辭，塞了幾張鈔票給王桂仁，「他現在應該還不能吃太補，也不能亂碰藥材，選清淡一點的比較好。麻煩你了。」

王桂仁領命後立即精神奕奕地踏上歸途，他依建議挑了沒有添加中藥成分的蒜頭雞湯，驅車來到羅夜所住的公寓門前。

可能是羅夜事先傳過訊息通知，江晨雪似乎早就知道他會來，門鈴一按就前來應門。一進到屋裡，王桂仁立刻聞到醇厚的食物香氣，隨著來源望向燈光暖黃的廚房，和爐子上的一口湯鍋。

「吃過了嗎？我剛煮了點湯。」

「但您是煮給老大的……」

「沒關係，我會把他的份留起來。你這趟送東西也辛苦了，先坐吧。」

知道羅夜會晚歸後，江晨雪沒有煮其他賞味期比較短的菜色，卻還是把湯燉了下去。湯頭是用酥炸過的魚和雞骨煮成，舀出來是漂亮的奶白色，裝湯的碗裡放著一點青蔥，濃郁的湯水下去，另一層次的香氣馬上被提了出來。

王桂仁聞著香，心虛地把外帶盒藏到背後，突然覺得自己帶這個東西過來顯得多餘了……

江晨雪端了兩碗湯到客廳，自己坐到他對面小口小口喝了起來，王桂仁一直拘謹地沒敢動作，只是直勾勾望著對面的人。

江晨雪倒也沒催促，直到用完餐才溫聲問：「食物不合胃口嗎？」

「不。老師手藝很好，我光聞味道就餓了。只是心裡裝著事情，再香也食不下嚥。」王桂仁的肢體依舊緊繃，眼神卻隱隱暗了下來，「江老師，您都沒有什麼話想問我嗎？」

「我本來是想吃過飯再問的。」江晨雪當然察覺得出他言行有異，卻只是心平氣和地看著他，「所以搜查翁平地下室那天，你為什麼要藏我袋子裡的藥？」

聞言，王桂仁終於如釋重負笑了出來。

「在那之後我們有過好幾個獨處的時機，您卻都沒開口，一直到剛剛也是，有那麼幾個片刻我甚至在想，您該不會其實根本沒有察覺吧？」

「有。不過你們隊長的事對我來說更重要一些，所以這件事就我被放置了。」江晨雪單手撐著腦袋，揚起一抹喜怒難辨的笑，「我已經依你的希望問了，你準備好給我答覆了嗎？」

第十四章　海誓山盟

夜黑風高，濃墨般的天空上不見明月星辰。

站前路一二八巷的廢棄空屋已被封鎖線圍得密不透風，然而王桂仁打開了鬼域，並設下包含整棟建物的領域，因此江晨雪能毫無阻礙地走進去，徑直來到地下室的私人刑房。

他打開房內光線微弱的燈，拿出羅盤，循著記憶中的位置找到破陣前鏡子的所在地。那地方目前空無一物，他卻還是走了過去，面朝當時鏡面映照的地方，在實景中來回掃視搜尋，終於在視野中央的地面上，發現偽裝成汙垢的圖騰。

果然幻境裡的呈現並非空穴來風，迷陣虛實交錯，雖然呈現的方式不同，但達成沖煞的條件必須殊途同歸，因此陣眼鏡面所向之處，必須也要是實際上的神位。

既然圖騰就在地面，江晨雪乾脆落落大方地站到圖面上。他將手中羅盤換成桃木劍，腰間的乾坤袋也蓄勢待發，而現在唯一要做的事就是等待。

腳邊很快就捲起一片黑霧，顯然對方沒打算讓他等待太久，須臾之間，他就被來自四面八方的黑霧吞沒，白麝濃厚的氣息跟著黑霧一起滲了進來。

不過這次倒沒有惱人的觸手，而是直接被一雙死白色的手從背後鎖住咽喉。

「即使是陷阱，只要你願意自己送上門，我都很高興。」男人一邊加重鎖喉的力道，一邊惋惜地嗅了嗅，「可惜現在你身上多了一股討人厭的氣味。」

江晨雪沒打算理會對方，輕微的窒息感不妨礙他把靈力凝於劍身，反手刺進霧裡。

這次劍擊奏效，從他下手的地方炸開一片亮光，男人鬆開江晨雪，笑著退開，身周黑霧一時變得稀薄，讓他修長的腿形隱隱顯了出來，剛才被江晨雪刺中的地方似乎有所損傷，正冒出細細的黑煙。

江晨雪緊追而至，於此同時，粗黑的觸手再次被男人召了出來。江晨雪一手持劍斬斷幾條距離近的，另一手則射出一把驅邪符，刺目的光線頓時炸翻了天，像是在狹窄的地下室裡燃放炮竹。

從前總認為被標記對坤澤而言像是被上了鐐銬，現在卻被羅夜改變了想法，覺得能被心儀的對象標記是件好事。

即使外傷多少影響動作的流暢度，但現在他完全不會受其他信引影響，狀態比上次交手時穩定很多。

「看來我現在比較難影響你了。不過沒關係，只是臨時的。我向來不討厭從別人手裡搶奪東西，那樣能讓遊戲變得更有趣。」

「強摘的果子不甜。」江晨雪話音剛落，幾條觸手從腳下倏然竄出，他一躍而起，踏著湧動的觸手欺身而至，劍鋒直指男人藏在黑霧裡的咽喉，「不過以往你似乎就幹過不少奪人所好的事。真是禍害遺千年的惡趣，玄曦君。」

男子錯開身軀及時閃避，露在外頭的下半臉裂開一道瘋狂的笑弧，「你想起來了？」

「沒有。不過有人告訴我關於你的事。你在你的新信徒間沒有名字，我只好用舊稱號叫你。」

玄曦君哈哈大笑，同時從身上射出數條細長觸手，緊緊捲住江晨雪的腰。江晨雪任由自己被他拉過去，近乎貼身時才用劍尖抵住他，「我還知道，我前世殺過你一次，此後，雖然你靠邪術重新活了過來，但修為大損，還得靠食人血肉維持住肉身，因此你對我懷恨在心，想征服我作為報復。」

「如果你非得這麼想，我也不反對……」

玄曦君談笑自若，指尖曖昧地撫過近在咫尺的桃木劍刃，被割出血也不在乎，甚至挑逗似的將染血的指尖戳上江晨雪的心口，讓血液穿透衣物，染指到他身上。

「你今天似乎比較健談？是想引誘我現在動手覆蓋掉你身上的標記嗎？」

江晨雪對此人實在無話可說，沉默了片刻，才淡然道：「現在不用健談了。」

轉眼之間，地面鋪滿艷麗的紅光，神位圖騰瞬間被層層繁複的封印籠罩，三張地府令牌橫空飛出，截斷江晨雪腰間的束縛。

◆

羅夜一路忙到二更天，好不容易告一段落，卻聽見辦公室外傳來騷動的聲音。辦公室的門沒關，他很快就聽見門框被敲響幾下，抬眼一看，居然是局長回來了。

「你果然還在加班，真是辛苦了。」

靈務局長這次沒披著對外露臉時心機老伯的皮，而是用了本相示人。本相的外觀年齡大約四十初頭，身形頎長、相貌斯文，及腰的長髮束成單馬尾，看起來乾淨清爽。

「您先別走，沙發坐一下。正好有幾份文件現場簽一簽。」

正面逮到神隱局長的機會難得，羅夜只好忍痛延長加班時數，甚至趁局長審閱資料的空檔去沖了一壺茶，完全是要把人留到批完文件才放走的架式。

「陽間這邊就這麼處理吧，你也越來越駕輕就熟了。」局長對羅夜的結案報告頗為滿意，簽字後看他還有點遺憾的樣子，便出言寬慰：「小姑娘確實不是被人殺的，我們也不能把罪名扣在沒動手的人頭上。硬要有個交代的話，說她是受邪教迫害進而被引導自傷而亡，已經是最接近真相的解法了。」

「這種事無論處理幾次，果然還是沒辦法習慣。」

「必須慢慢習慣，我最近還想升你的官呢。」

「……我覺得刑偵隊長的位置就很好了。」羅夜接回結案報告，雖然笑容保持著禮貌，神色間的抗拒卻有點明顯。

「抱歉沒說清楚。我是指地府的官職。」局長說：「你在陽間事情辦得不錯，論功行賞早該升一升了。而且地上那群官員也精得很，如果你地位提升，之後替我出面也能更方便。」

「您還是這麼會說話。這是準備把更多差事扔給我的意思？」

「呵，被你發現了。」局長拿起桌上的熱茶啜了一口，接著拿起下一份文件，「你想讓我批准你雇用私人顧問？誰？江晨雪？」

「他現在是專案顧問，但我們今後還要繼續追查邪教，我認為憑他對邪教的理解和天師的身分都可以幫上忙。如果編制配額有限，我希望能自己聘用他。」

「局裡的編制是小事，我去喬一下就好。如果江晨雪願意繼續為我們服務，我也會很高興的。」局長把這份文件放到一邊，又喝了兩口茶，「不過羅夜，看來你打算慢慢打長期抗戰？我把你收歸麾下時知道你的來歷，也知道你讓宋老去查過玄曦君的事，是從前不好的經驗讓你退卻了嗎？」

這問題就有點尖銳了。精於察言觀色的羅夜知道局長對這個決策不太滿意，其實他真正選擇保守的理由是因為知道地府可能有內鬼，可是……現在就要跟局長攤牌嗎？

雖然他萬分不願懷疑這位曾經提攜過自己的長輩，但他和局長並沒有熟到知根知底的地步。

局長見羅夜陷入沉默，不禁皺起眉頭，「是因為江晨雪嗎？」詭異的不諧和感湧了上來，羅夜回望局長時不經意流露出戒心。

局長見了他的臉色，覺得自己肯定是說對了。他既然知道羅夜的來歷，當然也知道這個曾在魔頭底下做事的厲鬼當年是把執念放在誰身上，才會繼承起正道的信念，選擇歸順地府。

「我明白你想保護他的心情。可是羅夜，你知道真正的『天命』有多沉重嗎？江晨雪身上是有任務的，即使他現在還是血肉之軀，卻也沒有你想的那樣柔弱。」

這一刻羅夜才恍然大悟，為什麼局長今天會破天荒地進來，還剛好踩著這個時間點來到他這裡……

他倏地起身，狠戾的陰氣已纏繞整個身軀，隨時都可能爆發，「您剛剛是在故意絆住我？江晨雪現在人在哪？」

局長不動聲色地坐著，絲毫不受威脅，「羅夜，冷靜下來。世上能照應他的不只你一個。你對他的過度保護反而會害了他，我們派出可靠的戰力與他達成協議、成為友軍，讓他盡早達成使命才是在幫他。」

「有件事您想錯了，我從來都不覺得他柔弱，他一旦奉行起自己的信念，是我見過比誰都還堅韌、瘋狂的人。」內心燒灼的執念與藏在最深處的恐懼讓羅夜再也無法冷靜，他用盡最後一絲理智控制住崩潰邊緣的凶煞之氣，咬牙切齒地問：「您知道他上輩子是怎麼死的嗎？」

◆

「老師！快退後！」

江晨雪騰空轉體緩衝落地，在王桂仁的喊聲中往腰上貼了幾張驅邪符，驅散身上殘餘的觸手。

王桂仁操縱著地府令牌繞繞成一圈，形成堅固的屏障將玄曦君圍困其中，這時鬼域又衝進幾個地府鬼差，人手一張伏魔網，在令牌外圍設下第二層防護。

其實地下街一戰，王桂仁並沒有昏厥那麼久，他自戰鬥中間就從旁觀察玄曦君的攻擊模式，發現魔頭極其陰險，利用黑霧模糊虛實，有時以實體出現，有時則用化身，而本體收放的媒介就在那塊象徵神位的圖案上。

糾纏江晨雪的時候用的是本體，羅夜一來就換回了化身，玄曦君在陰陽兩界為亂已久，做事從來都是這種狡兔三窟的風格，也因此讓地府主張積極緝拿他的勢力傷透腦筋。而王桂仁透過這次意外發現玄曦君對於佔有江晨雪格外執著，並從那時起就開始策畫如何藉著江晨雪引誘他現出真身。

合作計畫執行得很成功，江晨雪配合得十分完美，作為媒介的神位也被層層封印。然而玄曦君依舊氣定神閒，反倒興味盎然地環顧四周，最終轉向陣形中央的王桂仁。

「你就是傳聞中的那一位？的確不錯。足夠果感，也有點心機，不過終究還是太年輕了。」

黑霧從下半臉裂開，如拉鍊一般下拉到了玄曦君的前胸，膚色慘白的胸口裸露在外，甚至隱約透出肋骨的形狀。

「你確實準備了不管丟出幾次都會讓我上勾的餌。不過你們做得那麼明顯，真以為我會毫無準備嗎？」

話到此處，玄曦君的左胸浮出一塊血色印記，印記射出一條紅線，筆直越過王桂仁和所有地府鬼差。

江晨雪低頭一看，紅線的另一端正繫在他的心口。

「江晨雪，你已經知道我們上輩子是同歸於盡了。」玄曦君帶著痴狂的笑意，話音猶如割人性命的溫柔刀，「這就是你上輩子對我做的事。我的興趣可不只奪人所好，我還喜歡博弈。上輩子你和我玩過的賭命遊戲，現在我想再玩一次。你呢？你敢為我再賭一次嗎？」

也許是受前世經歷隱約牽引，江晨雪立刻就明白玄曦君的意思。

遺患千年的禍害和一世為人的短暫性命，不是選擇，而是是非。

如同那場重複過無數次的夢，死亡無情的朝他伸出手。他一直以為自己會和夢裡一樣，對世間沒有一絲眷戀就選擇離開。

但他卻忽然想起爐子上放著一鍋燉湯，還沒有讓羅夜嚐過。

還有前些日子答應帶給羅夜的宵夜甜食，也一直都沒有補買……

為什麼生死關頭，腦海裡浮現的卻是這些芝麻蒜皮的小事呢？

江晨雪失聲笑了出來，眼底是自己也沒有察覺的柔軟與酸楚。

他曾與世間一切羈絆淡泊，不諳何謂情意，也不認為塵世裡有什麼東西能絆住他。好不容易才學會了愛……是羅夜教會了他。但那份情意才冒出新芽，正在成長茁壯，卻太快就行至末路。

這是他第一次在是非面前生出一點私心……他想留下來，留在羅夜身邊。

但自兒時入了道，受師父提點身負天命後，接下來的十餘載，驅邪除惡、濟世救人的使命感給了他這個遭人厭棄的孤兒新的生存意義，深植內心的信念讓他做不出其他選擇。

天命已經銘刻在他的魂魄裡，彷彿一切從前生就已經註定，現在直覺告訴他那個時刻已經到了，在大是大非面前，他沒有自私的權利。

沒有時間猶豫了。

「……我敢。」

他的笑意逐漸轉為冰冷，感覺心臟陣陣抽痛起來。但這樣或許更好，等一下動手時反而已經麻痺了。

「為了殺你。」

說著，他握緊手裡的桃木劍。

對不起……羅夜，對不起。

幸好這次，不會讓你親眼看著我離你而去……

玄曦君揚起滿意的笑，對他來說，江晨雪就是在最後關頭選擇了他，有沒有這個「殺」字都是一樣的。

王桂仁這時才會意過來，急忙轉頭朝江晨雪大吼：「江老師！不要！」

「江晨雪——！」

嘶聲大喊的同時，羅夜用盡全力衝破外層的伏魔網，以的最快速度操縱鎖鏈朝江晨雪飛去。

鎖鏈重重抽在持劍的手上，卻沒能阻止劍刃沒入胸口……

◆

又是那個熟悉的夢。

但這次他的身體沒有化成沙。

現在他躺在一個像是山崖的地方，如細沙般流逝的其實是血，鮮血淋漓的身軀並非毫無痛覺，而是生命即將走到盡頭，連感官都在流失。

那名少年仍守在他身邊，這次的樣貌卻十分清晰——細瘦的身軀穿著鬼奴破舊的衣裳，低著頭試圖阻止血液從他的心口湧出，然而再怎麼努力也徒勞無功。

「就此結束也罷。反正對於這世間，我也從未留戀過什麼……」

江晨雪的意識像是分裂成了兩半，一半在情境裡說著，另一半則抽離在外頭聽著。

「嗚……」少年跪伏在他身側抽泣，雖然情緒很激動，但並沒有大哭大鬧，而是忍到全身劇烈地一起一伏。

屬於抽離的那一半突然覺得這個哭泣模樣有點眼熟，這時少年抬起頭來，劍眉入鬢、五官深邃，雖然瘦得雙頰都凹下去，但依舊保留幾分俊俏。

羅夜……

江晨雪一眼就認出他來，抽離的自己很想伸手碰觸那名讓他心生憐惜的少年，但情境裡的自己沒有那麼做，或許是因為已經傷得連指頭也動不了的緣故。

羅夜小時候不像現在那麼懂得收斂戾氣，稚氣未消的臉上露出一個深刻而狠絕的表情，目光灼灼地盯住江晨雪的眼睛。

「即使如此，我還是不會離開你。」

「我都聽見了，主上咒你厄運纏身、永世不得超生，或許魂飛魄散對你而言更輕鬆……但哪怕只有一點點，哪怕你生出一點點想留下的念頭，我都陪著你永不超生！天地為鑑、我願用我的一切起誓！否則天打雷劈、墮入地獄！」羅夜的嗓子都哭啞了，卻仍堅持大聲傾訴誓言，似乎認定非得喊得那樣聲嘶力竭、痛徹心扉，才能把決意傳達出去，「我會讓自己強大到足以守護你，我會用盡全力成為你的依靠，如果世間非要你受苦受難，我就為你把苦難排除……我願意為你做任何事……所以，能讓我成為你的一點留戀嗎？」

江晨雪的兩種意識在那一瞬間重合了，羅夜的一片赤誠令他動容，腦海裡飛快掠過許多零碎的片段。

第一次見到這孩子，是一大群鬼奴奉命來圍攻他，他知道那些鬼奴是受人脅迫，便沒有趕盡殺絕，逼退他們之後自己受了點傷，卻沒想到當天晚上居然有隻小鬼偷偷摘了草藥放在他附近，像是在報答不殺之恩。

後來他們陸陸續續交手過不少次，小鬼總是認真出招又認真戰敗，卻從來沒有釋出過敵意，就像奉命行事卻苦中作樂一樣，與他對戰時總是看起來格外高興。

他還想起某一次，他在街上看見有人拿糖去哄一個跌倒而痛得大哭的小頑童，後來有點鬼使神差，那陣子身上都帶著糖，也記不清又過了多久，才總算在下一次交手後，偷偷把糖塞給被他打敗、傷痕累累的小鬼……

那些短暫的美好明明都只是輕如鴻毛的小事，為了這些，值得發如此重的誓，履行如此痛苦而長久的諾言麼？

但為什麼他又隱隱被這些片段影響，生出一絲想回應對方的念頭呢？

這時，江晨雪屬於今生的意識終於明白了，原來先前看似對那少年不為所動的夢境，其實只是前半段。

是啊……如果前世真的毫無觸動，為何到了今生仍會時時入夢呢？

意識稀薄的最後一刻，他緩緩闔上眼睛，終究沒有給出任何答覆。

然而魂魄從羅夜身邊飛散後，卻捲著微弱的遺憾與眷戀在人世間逗留片刻，接著被來自天庭的手撈了上去……

尾聲

夜色正濃時，靈務局刑偵隊長辦公室仍燈火通明，半開的門板被人敲響，正在審閱待鑑定案件的羅夜連眼睛都沒抬一下，直接把人叫了進來。

走進辦公室的王桂仁面色凝重，帶上門後客氣疏離地打了聲招呼。

「我是來遞辭呈的。」

羅夜總算把注意力挪到他身上，「找局長批就好。你的話應該可以繞過直屬主管的。」

王桂仁默默吞下話裡的酸意，尷尬地坦承，「其實我原本也這麼想，但局長說您也得簽字同意才行。」

羅夜揚起一抹不懷好意的笑容。

「這老狐狸，總算還知道自己這次理虧。好啊，既然如此，我們就把該說開的事都說開了，給我一個滿意的交代再放你走。」

王桂仁不敢造次，只是逆來順受地點點頭。

「簽保護申請那時候，你是故意弄錯的？」

「是。那樣局長就能用最快速度做出判斷，幫忙留下江老師。顧問的點子是局長想的，您也知道他一向不會浪費人才。」

羅夜嘆了口氣，覺得這畢竟不是什麼壞事，讓它過去就算了。

「所以天命又是怎麼回事？」

「他前世獨自殺進玄曦君的地盤，渡化鬼靈、誅殺魔頭時就已經功德圓滿得以飛昇了，不過天庭還來不及讓他升上去，他又馬上與魔頭同歸於盡。天庭是後來趕緊撈回了他的魂魄，用將近千年養回原狀才補給他仙籍。不過他在人間有尚未渡過的劫數，因此復籍不久就被放下凡重生歷劫了。」王桂仁解釋得有條有理，「玄曦君就是他未渡的劫數，他們是命定的宿敵，而玄曦君一直被視為可能修成魔神禍亂陰陽兩界的存在，因此誅滅玄曦君、守護蒼生就是江老師的天命所在。」

羅夜被「命定的宿敵」幾個字噁心了一下，王桂仁再度嗅到另一層面的酸味，不禁無奈，「您也別太抗拒，只要江老師順利渡劫回歸仙籍，自然也能完全記起前生的事。這不也是您的希望嗎？」

「無論他有沒有想起來，我都會一樣愛他。」羅夜完全沒在怕羞，宣示完心意，立即想起另一筆帳，「我後來仔細問過最後搜查那天的情況，知道你有幫他到醫務室拿東西……他的藥，該不會是你動的手腳？」

「那件事是我失算了。我很抱歉。」王桂仁雙手摀面，這件事真的令他慚愧不已，「我那時聽說他的週期快到了，覺得可以賭賭看他的運氣。我想如果江老師不願意，您忍到死也不會標記他，而放任他在玄曦君的地盤發情，說不定能引誘出真身，反正到時候有您在，加上全局警力後援，他應該能安然脫險。但我顯然低估您二位互相喜歡的程度，至於易感期則完全超出我的預期，我更是萬萬沒想到……您下手會這麼重。」

這段自白裡有中聽的部分也有誅心的部分，羅夜聽得心情複雜，大大降低繼續追究此事的慾望。

他看了看桌面上的辭呈，正想提筆簽署時卻驟然停下了動作。

「小王，你搞清楚那天發生的事沒有？」他忽然問，表情甚至比方才質問時更加嚴肅。

王桂仁明白他在說哪一天，「我知道玄曦君對我們的行動早有預料，一開始就準備好惡咒對付江老師。他這招確實可行，如果我們發現攻擊他的時候會牽連江老師，確實就會有所顧忌，讓他逮住逃跑的可乘之機。但我想不通，他最後為什麼要故意挑釁？反而落得自己也重傷被我們抓住的下場……」

「作為玄曦君曾經的鬼奴，我對他的行徑完全不意外。對一個惡趣眾多的心理變態來說，他可以為了追求愉悅而做出很多看似不理智的瘋狂舉動，然而他過了一千多年還沒把自己坑死，一定是留有更深沉的後手。」

羅夜看著王桂仁發怔的小臉，忽然有種找回以前那個小傻瓜的溫馨感，雖然過去嘴上總是嫌得要命，現在卻反倒覺得那張假面具挺可愛的。

「看來你還是沒完全搞懂。那個惡咒叫同心同命，中詛咒當下可以想成喝了無色無味的毒藥。施咒的方法有兩種。第一種是得到對方的生辰八字和毛髮施以咒術，再將自己的血抹上對方心口，便能同生共死。由於心口抹血的步驟，這種方法通常會搭配死士用美人計完成施咒，只要死士還在隱密的地方捅心自盡，便能達成暗殺的效果。這次玄曦君用的就是第一種作法，只是用法比較奇葩，很符合他的作風。」說到這裡，羅夜憶起某段令他沉痛的過往，眼神不由得暗沉下來，「第二種是直接對自己下咒，連結的辦法簡單粗暴，就是讓對方的血接觸到自己的心頭血。他前世……就是用這個作法。」

「唔……」

「還沒想通嗎？首先，玄曦君是如何掌握住你們行動的內容？再來是同心同命，毛髮先不用提，交手的時候多的是取得機會，但他從哪裡得到的生辰八字？晨雪的身世你也曉得，也許連他自己也無從問起出生細節，但有個地方一定有，你再熟悉不過的，而且絕對不會出錯。」

王桂仁的臉色驟然刷白，「生死簿……」

「即使現在一時抓住玄曦君也千萬不要大意，他能玩這麼瘋，必然有他的本事。我只能幫你到這裡了。」羅夜總算簽下辭呈，將文件遞還給王桂仁。

王桂仁似乎還不知道他私下委託過宋主任的事，出於防備心，他沒有提及那時查到的結果，最後卻還是依目前的既有事實推導出相似的可能性，做了臨別前最後一次提點。

「謝謝……」

輕聲道完謝，王桂仁欲言又止了一陣，最終還是一言不發地轉向門口。

「對了，出於好奇，我後來問了局長你那個神祕的『後台』究竟何方神聖。局長覺得我遲早會知道，也沒有瞞我。我只知道老頭子成天喊著想退休，卻不怎麼帶著預計接班的寶貝獨苗公開露面，大概是自知快要管不住地府內部的鬥爭，才把繼位者護得這麼密不透風吧！」羅夜帶著複雜的笑意，低聲感嘆：「下次在地府見面時，是不是就該叫你閻王大人了？」

「還是繼續叫小王吧。」王桂仁終於回過頭，擠出一個酸澀的笑，「我在靈務局當差的日子是真心感到快樂。雖然我現在說話您可能不會再相信了，但在我心裡，您永遠是我老大。」

王桂仁告辭後，羅夜耐著性子審完最後一點案件資料，然後果斷駁回鑑定申請，結束一天的工作。

什麼時候官員家裡鬧鬼這種事也歸靈務局管了？而且還是明顯做多了虧心事，被鬼多纏幾天也活該的那種，但其實根本只是自己嚇自己……居然還讓他為這種鳥事加班，簡直想真的放幾隻鬼去纏他。

此刻的羅夜歸心似箭，因為江晨雪今天剛出院，早上他是先把人送進自己家裡才來上班的。

感謝現代醫學，江晨雪那天的傷勢的確很重，但羅夜的鎖鏈成功讓他刺偏了位置，送醫途中曾經心搏停止過，但經過一夜搶救，總算保住一命。

同心同命的惡咒雖毒，但碰過一次心頭血、心跳停止過一次就會失效。

大案了結後靈務局暫時閒了下來，羅夜把能排的假都排了，有班的日子也難得踩著點準時走，為的就是能在醫院待久一點。雖然基於補償心態，局長在江晨雪住院伊始就安排上可靠的看護全天候照顧，但羅夜仍堅持讓親自陪病的時間多一點，有他在的時候，事情基本上輪不到別人來做。

好不容易熬到可以出院的日子，江晨雪已經恢復到扶著牆能自己行走的程度。即使他養傷的時候一直都很安分，但羅夜把他放回家後還是魂牽夢縈地擔心了整天。

羅夜驅車趕回家，一打開門，發現廚房的燈居然亮著，轉頭便看到江晨雪靠著流理台坐在地上的畫面。

手裡居然還拿著把刀！

羅夜嚇得連鞋都沒脫，三步併作兩步衝進屋內，一把搶走江晨雪手上的刀子扔進洗手台，隨即把人抱進懷裡。

「為什麼你會癱坐在這裡？為什麼拿刀子？」他把江晨雪從頭到腳打量一遍，雖然沒看出什麼異樣，卻還是緊張得要命，「傷口會痛嗎？還有哪裡不舒服？」

「我沒事。你……你先別緊張。」江晨雪輕拍他的面頰安撫，心裡無奈且愧疚。

羅夜大概是被他嚇出PTSD了，現在只要看見他手裡有尖銳物就會失心瘋。之前在醫院他用牙籤吃了張瓔琦給他的水果，羅夜也像現在這樣立刻把牙籤搶走，還堅持要親手餵他。

等羅夜稍微冷靜一點，江晨雪才指著檯面上一盤切好的蘋果說：「我只是高估我自己了……切完水果有點累，所以原地休息一下。」

「你可以等我回來切給你啊！」

「我是切給你的。我剛才吃了一片，很甜，你應該會喜歡。」

江晨雪搖搖晃晃地站起身，還沒碰到果盤就被羅夜攔腰抱了起來，迎上一個溫柔而綿長的親吻。

一吻終了，羅夜輕輕磨蹭他的頸窩，一邊聞著他身上淡淡的蜜香，一邊以央求的語氣在他耳邊輕語：「沒有嚐過比你甜的。我不需要那些。痊癒之前都別再亂來了，好不好？」

江晨雪覺得自己這輩子大概都會被這隻鬼牢牢鎖住了。

話雖這麼說，羅夜對那盤水果還是一定會捧場的。把江晨雪帶回床上後，他直接把盤子端到房間，和江晨雪你一片我一片地吃著。

江晨雪不久就有些倦了，打著呵欠直揉眼睛。羅夜正想抱他去洗漱，卻被連忙阻止。

「先等一下。」他握住羅夜的手，「恢復意識之後，一直有些話想對你說，但之前在醫院沒找到合適的機會。」

羅夜將指頭扣進他的指縫裡，與他十指相依，「嗯，我聽著。」

「我想跟你說，你已經是了。」

「……嗯？」

江晨雪迎上羅夜困惑的目光，他的眼眶因疲倦而微微泛紅，珀色的瞳裡卻有碎光，閃動的時候比任何寶石都還璀璨奪目。

「你是我對這世間的留戀，從千年之前就是，一直到現在都是。」

——而你的身邊，便是最好的歸宿了。

（正文END）

-番外篇-
漫畫：知岸

劈啪
沒用的小鬼！任務都完成不了養你何用
行了，罰過就好，下手別太重。
劈啪
和他戰過還回得來的鬼奴，我們手裡也沒幾個了，
興許下次能成事呢，滅掉可惜。
至今我們已經被他滅了幾個鬼奴？
三十來個吧。
唉，又得去抓新的了，
否則對尊上不好交代。

哼，不過是個坤澤散修，居然如此張狂。
一時得意而已，尊上終究會得手的。
真可悲啊。
嘶……
丟下鬼奴落荒而逃的是你們自己……
你們根本不敢與你們瞧不起的坤澤散修正面交戰……
回不來的鬼奴並非被消滅……

而是被那個人……

聽好了，我們現在已是棄子，
不想灰飛煙滅，就只能奮力一戰！
……
啊啊
等等……
我曉得你們被惡咒束縛。
過了時限沒回主人身邊，
就會魂飛魄散。

轟
轟
轟
別怕，我沒想誅滅你。
……？我沒事？為什麼？
放下執念只在一念之間，
只要你願意離開人世，我便能渡你。

終於……
讓我等到了這一天。
若能離了這人間地獄，
即便要我放棄所有，
太上敕令，超汝孤魂，
鬼魅一切，四生沾恩
我也願意……
啊啊……真的被超渡了。

破除惡咒得耗修為、
渡化鬼靈得用
善業去換，
即使是對
剛才想傷他的鬼奴，
他也沒有絲毫猶豫……
你……
……

還不願離開麼？
是有恨意未消？還是心願未了？
也許……
起身
不行！

……？
你渡不了我的。
你不會明白
為什麼。
我不過是你命中
微不足道的
小災小厄……
有些事
你自然不必
記得。
我明白，
留在世上
也只是回到魔窟
繼續受折磨，

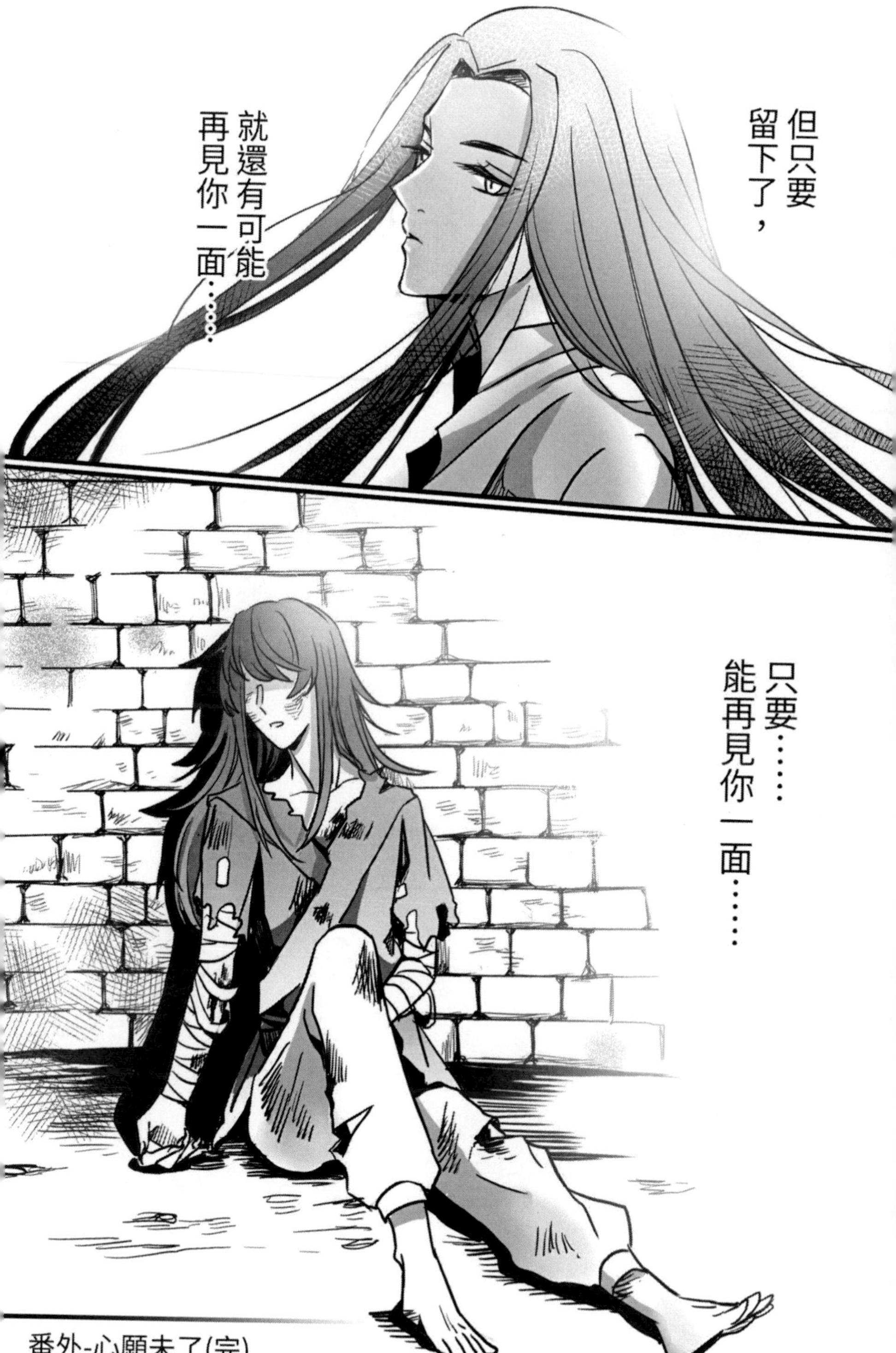
但只要留下了，
就還有可能再見你一面……
只要……能再見你一面……

番外-心願未了(完)

後記

大家好，這裡是知岸，很高興能在後記跟大家簡短聊個天。

如果是先前有追蹤過我的朋友，可能會知道這部作品在參加原創星球ＡＢＯ主題徵文時有在網路上發表過半本左右，歷經一番波折之後能以出版成書的形式與大家見面，我心裡累積最多的情感就是滿滿的感謝了！加上正文字數和番外漫畫已經在篇幅爆炸邊緣，所以這次我就直接來開感謝大會吧！

首先想講得感性一點，《靈偵》感情線的一大主軸之一是歸宿，很謝謝要有光（秀威），讓這部作品有了歸宿。感謝主編齊安、責編彥儒、岱晴，以及出版社裡協助處理過這本書的所有人。我已經好久沒出商業小說了，想盡目前所能盡的努力讓故事內容更完善，並安排一些特別的東西給大家，所以過稿後和責編進行了幾次來回溝通，比如一校前全文又大修了好幾次，還有提案番外篇用自繪漫畫的方式等等，編輯部都給了我充分的發揮空間，讓我十分感激。

再來想感謝每次讓我看到圖都無限尖叫，畫風讓我為之傾心的封面繪師ＢＰＣＣ。真的很謝謝ＢＰＣＣ在百忙之中抽出空檔接下這本書封的委託，並用精湛的畫技呈現出我心目中100分以上的羅夜和晨雪。在此特別強調，如果大家在看番外漫畫時對這兩人的外貌產生了困惑（？）請果斷相信小說文字和書封！既然提到番外，就順便說說緣由，繪製前在社群做過一次小調查，知道大家比較想看正劇向頁漫，所以就往這個方向構思。之所以選擇他們前世的故事，是因為覺得片段式的相處用漫畫呈現頗有感覺，所以才會有這個提案。其中還是有許多不成熟之處，但希望大家喜歡。

另外感謝投稿前後修文到成書期間幫我看稿抓蟲的流羽，總能在我覺得我已經改了很多問題之後又抓出更多問題，並且在ＡＢＯ世界觀的完善上給了我不少建議。

然後也要感謝原創星球徵文的契機讓我創作出這個故事，線上發表期間曾與許多作者和讀者朋友交流，得到不少鼓勵與養分，因此也想對在那時就支持這部作品、給我回饋及意見的人們致上謝意。

最後當然要謝謝看到這裡的讀者朋友們。對我來說，作品能被閱讀就是作者的幸福，如果願意和我分享讀完作品的心情，都歡迎到我的ＳＮＳ與我交流！

FB：https://www.facebook.com/knowledgeland73

Plurk：https://www.plurk.com/atuqua

要彩虹5　PG2873

要有光
FIAT LUX

靈偵詭話

作　　者	知　岸
繪　　者	BPCC
責任編輯	陳彥儒
圖文排版	周妤靜
封面設計	吳咏潔

出版策劃	要有光
發 行 人	宋政坤
法律顧問	毛國樑　律師
印製發行	秀威資訊科技股份有限公司 114台北市內湖區瑞光路76巷65號1樓 電話：+886-2-2796-3638　傳真：+886-2-2796-1377 http://www.showwe.com.tw
劃撥帳號	19563868　戶名：秀威資訊科技股份有限公司 讀者服務信箱：service@showwe.com.tw
展售門市	國家書店（松江門市） 104台北市中山區松江路209號1樓 電話：+886-2-2518-0207　傳真：+886-2-2518-0778
網路訂購	秀威網路書店：https://store.showwe.tw 國家網路書店：https://www.govbooks.com.tw
總 經 銷	聯合發行股份有限公司 231新北市新店區寶橋路235巷6弄6號4F 電話：+886-2-2917-8022　傳真：+886-2-2915-6275

出版日期	2023年5月　BOD一版
定　　價	340元

讀者回函卡

Printed in Taiwan

國家圖書館出版品預行編目

靈偵詭話/知岸著. -- 一版. -- 臺北市：
要有光, 2023.05
面； 公分. -- (要彩虹 ; 5)
BOD版
ISBN 978-626-7058-83-1(平裝)

863.57 112005908